Drôle d'école
LES AVENTURES DE LISON

L'auteur

Fanny Joly vit à Paris avec son mari, ses trois enfants et... son stylo. Elle écrit pour la télévision, le théâtre et les enfants. Elle est l'auteure de plus de deux cents livres, qui ont remporté de nombreux prix et sont traduits dans quatorze langues.

Retrouvez Fanny Joly sur son site : www.fannyjoly.com

Déjà parus dans la série « Drôle d'école » :

Qui a tagué Charlemagne ?
Les millionnaires de la récré
La directrice est amoureuse
Chaud, la neige !
Silence, on joue !
Remplacez le remplaçant !
Vous connaissez la nouvelle ?
Ça swingue à la cantine
L'inspecteur a des malheurs
Sauvons Lison !

Déjà parus en édition collector :

Les aventures de Lison
Une tornade nommée Lison
Ça chauffe pour Lison

Vous avez aimé ce titre de la collection

Drôle d'école

Écrivez-nous pour nous faire partager votre enthousiasme :
Pocket Jeunesse, 12 avenue d'Italie, 75013 Paris.
Nous transmettrons votre courrier aux auteurs.

FANNY JOLY

Drôle d'école
LES AVENTURES DE LISON

Qui a tagué Charlemagne ?
Les millionnaires de la récré
La directrice est amoureuse

POCKET JEUNESSE

Loi n° 49 956 du 16 juillet 1949 sur les publications
destinées à la jeunesse : janvier 2009

© 2000, éditions Pocket Jeunesse,
département d'Univers Poche

© 2009, éditions Pocket Jeunesse, département d'Univers Poche,
pour la présente édition

ISBN : 978-2-266-18726-8

Sommaire

Qui a tagué Charlemagne ? 9

Les millionnaires de la récré 83

La directrice est amoureuse 163

PLAN DE L'ÉCOLE

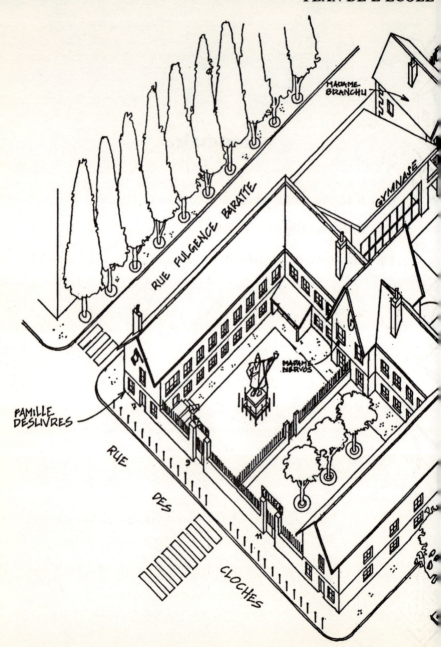

DES CLOCHES

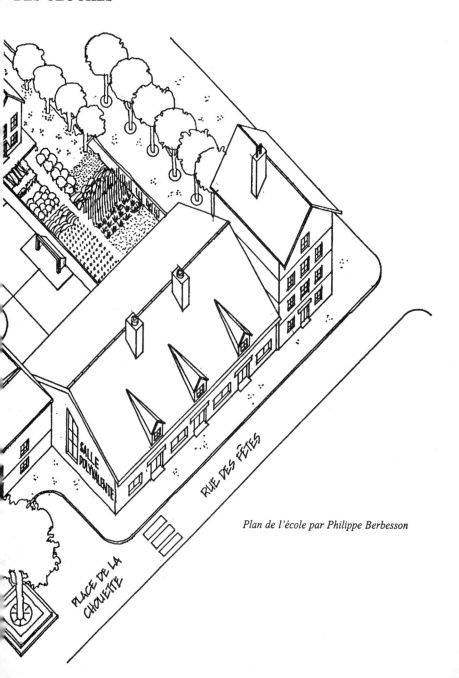

Plan de l'école par Philippe Berbesson

Qui a tagué Charlemagne?

1
Je me présente, je m'appelle Lison

Je me présente : je m'appelle...
— Lison, Lison !
Excusez-moi, c'est la voix de ma mère. Je suis sûre qu'elle veut que je l'aide pour ranger la vaisselle ou mettre le couvert. Juste au moment où je viens de m'asseoir pour commencer à écrire l'histoire de ma vie, avouez que ça tombe mal ! Tant pis, je fais celle qui n'entend pas. Si maman a vraiment besoin de moi, je la connais, elle criera plus fort...

Donc je m'appelle Lison Deslivres, j'ai bientôt dix ans et j'ai décidé de raconter ma vie. Pourquoi ? Parce que dans ma vie, il se passe plein de choses, et ces choses, je n'ai pas envie qu'on les oublie...

Une autre raison, c'est que depuis que notre télé est cassée et que papa a décidé qu'on ne la ferait pas réparer, j'ai du temps libre.

Et puis j'en ai assez des copains qui me disent sans

arrêt : « Ça doit être génial d'habiter dans une école ! » Parce que moi, l'école, je n'y vais pas, j'y vis ! J'y suis. J'y reste. Toute l'année ou presque. Du coup, certains s'imaginent que je passe mes soirées à jouer au ballon dans la cour, à me balader dans les classes, à faire la folle au milieu de la salle de gym, à espionner le courrier des maîtres ou à fouiller dans leurs cases pour découvrir les sujets des prochains contrôles...

Non, non, non et non ! Habiter dans une école, c'est tout ce qu'on veut : fatigant, lassant, épuisant, inquiétant, écœurant... Mais génial, non ! Je veux qu'on sache comment ça se passe réellement.

— Lison ! Tu es là, Lison ? Viens m'aider à enlever les fils des haricots, s'il te plaît !

Qu'est-ce que je disais ? Quand ma mère a besoin d'aide, elle finit toujours par me coincer. Et le problème, c'est qu'elle a tout le temps besoin d'aide !

Ça y est, les haricots sont épluchés ! Une des pires corvées que je connaisse. Je demande toujours à maman pourquoi on ne mange pas des haricots surgelés-tout-épluchés, comme tout le monde. En fait, je connais la réponse : c'est que les haricots verts frais contiennent bien plus de vitamines... Et que les haricots surgelés ne poussent pas dans le jardin de Mémé, la mère de papa !

Où est-ce que j'en étais ? Ah oui ! si j'habite dans

une école, c'est parce que maman y travaille. (Pas comme professeur, hélas ! Ça me permettrait peut-être d'avoir de temps en temps de bonnes notes, au cas où je tomberais dans sa classe...) À l'école, maman est gardienne. Elle surveille les entrées, les sorties, distribue le courrier, répond au téléphone, sort les poubelles, garde toutes les clés de toutes les portes, ouvre et ferme chaque fois que c'est nécessaire, autrement dit cinquante fois par jour. Et comme si ça ne suffisait pas, elle apprend à taper à l'ordinateur pour aider au secrétariat !

— Hé, la naine, c'est toi qu'as touché à ma maquette de Spitfire BX 756 ?

Ça, c'est mon grand frère, Benjamin, qui vient d'entrer en trombe dans la chambre.

— T'es gentil, tu frappes avant d'entrer et tu m'appelles pas « la naine », OK ?

— C'est toi qu'as touché mon Spitfire ?

— Pourquoi tu veux que j'aie touché ton Spit-je-sais-pas-quoi, je l'ai jamais vu, je sais même pas ce que c'est !

— Il n'est pas à la place où je l'ai laissé. Quelqu'un l'a bougé !

— Oh là là ! Drame international ! L'avion de Benjamin-le-géant a bougé d'un centimètre, appelez la police de l'air !

— Oui, ben fais gaffe ! Si je te prends à toucher mes maquettes, ça va chauffer !

— Ça risque pas, j'ai autre chose à faire, figure-toi !

Benjamin se penche pour lire par-dessus mon épaule. J'ai horreur de ça.

— Qu'est-ce que tu fabriques ?

Je referme mon cahier en vitesse.

— Si on te le demande, tu diras que tu sais pas !

Mon grand frère sort en bougonnant. Depuis qu'il va au collège, il est pire qu'avant. On ne peut presque plus jouer ensemble. Il passe son temps à bricoler ses maquettes, à lire des livres scientifiques, à téléphoner à ses copains, à me traiter de « naine » ou à se coiffer (il a un peigne dans sa poche et se recoiffe toutes les cinq minutes).

En dehors de tous ses défauts, Benjamin a quand même quelques qualités... Quand je réfléchis bien, j'en vois deux : il aime tellement faire des problèmes de maths qu'il accepte même de faire les miens. Et il déteste aller au cinéma tout seul. Du coup, les jours où on ne se dispute pas trop, il m'emmène. Mais reprenons le fil de notre histoire...

— Zizon ! Zizon ! Gad' ma bug de cigomme !

Zut ! Voilà mon petit frère, Alfred, qui passe la tête... Enfin, la tête, disons plutôt la bulle de chewing-gum qu'il a devant le nez...

— Attention, Alfred ! Elle est trop grosse, ta bulle, on dirait un air-bag, elle va éclater !!

— Non va pas yéclater ma bug ! Yé quoi un « nérbag » ?

Trop tard. Mon petit frère est recouvert d'une couche de chewing-gum rose et gluant. Et *qui* va devoir se charger de le nettoyer avant qu'il se fasse massacrer par maman ? Moi, évidemment !

Alfred, c'est le contraire de Benjamin : il n'est pas calme, pas sérieux, il se coiffe le moins possible et quand il a du temps libre, c'est plutôt pour faire des bêtises. Il va à la maternelle, mais il dit tout le temps qu'il veut être « guiand » pour aller à la « guiande l'école ».

Il ne sait pas ce qui l'attend... Moi, l'école, si j'avais le choix, on ne m'y verrait pas souvent. J'ai des milliards d'autres choses à faire, plus urgentes et surtout bien plus amusantes. Je ne vais pas les énumérer, sinon ce serait trop long et je n'aurais plus le temps de raconter ma vie...

Ma vie... Qu'est-ce que je n'ai pas dit ? J'habite à Ysjoncte, rue des Cloches. Si vous connaissez Ysjoncte, vous savez que dans la rue des Cloches il y a un long mur, presque aussi long que la rue. Et qu'au-dessus de ce long mur il y a une haute grille, beaucoup plus haute que vous et moi. Avec, au milieu, deux grandes portes : au n° 9, c'est l'école des Cloches. Et au n° 11, le collège des Cloches.

Je sais, ça fait bizarre comme noms. Mais attention, ça ne veut pas dire qu'à l'école et au collège des Cloches il n'y a que des cloches (bien qu'il y en ait pas mal quand même...). Ni que l'école et le collège des Cloches nous apprennent à devenir des cloches (bien qu'il y ait des jours où je me pose la question...).

Ça veut simplement dire que dans cette rue, autrefois, il y avait une fabrique de cloches. Aujourd'hui, elle n'existe plus. Mais le nom est resté. Moi, je trouve ça plutôt rigolo. Je suis une des seules, apparemment.

Depuis des années, la directrice, Mme Nervos, se bat pour essayer de faire changer le nom de la rue et donc de l'école. Mais le maire n'est pas d'accord vu que la fabrique de cloches, c'est son arrière-grand-père qui l'avait fondée...

Bref. En dehors du 9 et du 11, rue des Cloches, il y a aussi le n° 7. Une petite porte grise, discrète, sur le côté du bâtiment, avec un perron et trois marches devant.

C'est là que nous habitons...

— Bonsoir, tout le monde !

Tiens, papa vient de rentrer. Mon père, lui, il travaille en ville. Il est comptable. Il dit qu'il aligne des chiffres toute la journée et que le soir il ne faut pas l'énerver.

À part ça, il est plutôt gentil. Le samedi, souvent, il joue avec nous. Le dimanche : il va pêcher à la ligne. Parfois, pour lui faire plaisir, je vais avec lui.

Personnellement, la pêche, ça m'énerve bien plus que les additions. Mais je fais semblant de rien. On attend des heures sans bouger. Et quand ça mord, c'est la catastrophe ! Parce que les poissons, il ne suffit pas de les pêcher. Après, il faut les manger !

— À table, les enfants !

À nouveau la voix de maman. Je pose mon stylo pour l'instant. En espérant qu'il n'y a pas du poisson au menu du dîner, avec les haricots verts !

PEINTURE 2 FRAÎCHE

L'histoire qui m'a décidée à raconter ma vie s'est passée le mois dernier, le lendemain de la rentrée.

À la rentrée, il y a toujours de l'électricité dans l'air... On est habitués. Entre les emplois du temps qui se mélangent, les professeurs qui se trompent de salle, les élèves qui se perdent dans les couloirs (ou qui font exprès), les nouveaux qui pleurent (ou qui font semblant), les copains qui oublient leurs trousses, leurs stylos, leurs classeurs (ou qui font exprès ou semblant), c'est bien rare que la directrice ne pique pas sa crise de nerfs avant la fin de la journée...

Cette année, elle l'a piquée avant même que les premiers élèves aient passé la porte d'entrée. Quand je suis sortie, tôt le matin, chercher le pain pour le petit déjeuner, elle poursuivait deux ouvriers qui transportaient un gros tuyau en direction de la cantine. Avec son imper bleu, ses souliers noirs et son nez pointu, elle ressemblait à une gendarmette qui court après des voleurs. Il ne lui manquait qu'un sifflet et un képi :

— Hep là ! Qu'est-ce que c'est que ça ?

Le plus grand des deux ouvriers s'est retourné :

— Ben, c'est pour l'évacuation d'air de la cuisine de la cantine !

— Comment ça, l'évacuation d'air ? Vous m'aviez garanti que tout serait fini la semaine dernière... Les fours marchent, au moins ?

— Ah non, les fours, ils marchent pas, là ! Pas avant demain...

— Pas avant demain ! Vous plaisantez ? C'est la rentrée, aujourd'hui ! Moi, à midi, j'ai deux cents enfants à faire déjeuner !

— Hé oh ! C'est pas notre faute s'il y a eu une erreur sur la commande des pièces de rechange...

Mme Nervos a fixé les ouvriers avec des yeux de dompteuse de lions :

— À MI-DI ! Vous m'entendez ? À MI-DI, ça doit fonctionner ! Sinon c'est vous qui vous débrouillerez pour servir un déjeuner de rechange !

Je venais à peine de verser le lait dans la casserole quand on a frappé à la porte. C'était encore Mme Nervos.

— Bonjour, Lison ! Ta mère est là ?

Maman était en train d'habiller Alfred au premier étage. Elle est apparue en haut de l'escalier. Papa, qui venait de sortir de la salle de bains, une serviette autour de la taille, y est retourné comme s'il y avait le feu dans l'entrée.

— Nicole (ma mère s'appelle Nicole), vous avez ouvert le courrier ? Est-ce qu'il y a des nouvelles de la livraison des cahiers ?

— Aucune nouvelle, madame la directrice ! a répondu maman d'un ton désolé.

— C'est épouvantable ! a pesté Mme Nervos. Comment va-t-on les faire travailler, sans cahiers ? C'est abominable !

Elle est repartie au pas de charge. Moi, j'essayais de cacher ma joie. Pas de cahiers ? Donc pas de travail ! Pour une fois, la rentrée s'annonçait un peu moins mal que d'habitude...

Le temps que le lait soit chaud, on a à nouveau entendu des cris. Cette fois, Mme Nervos en avait contre le nouveau surveillant, celui qui remplace Fernand Moubel.

Fernand était devenu sourd. Il n'entendait presque plus rien. Pour nous, c'était bien pratique, mais en tant que surveillant, ça devenait gênant. En juin, il est parti se faire opérer des oreilles et il ne reviendra pas avant la fin de l'année.

Le nouveau surveillant avait accroché son vélo dans la cour, à la grille de la statue de Charlemagne. (Il faut que je précise que, dans notre cour, on a une statue de Charlemagne.) La directrice voulait qu'il décroche son vélo et qu'il le sorte dans la rue. Il n'avait pas l'air d'accord. Le ton est monté jusqu'à ce que Mme Nervos obtienne ce qu'elle voulait. Sur le pas de la porte, elle criait encore.

— La cour n'est pas un garage à bicyclettes, monsieur Pomec ! Et cette statue est une œuvre d'art, elle représente le plus grand empereur de tous les temps, le créateur de l'école ! Un peu de respect ! Votre vélo, vous l'accrochez à un banc, à un arbre, à un poteau, où vous voulez ! Et si ça ne vous plaît pas, vous venez à pied !

— Elle démarre fort, ce matin, on dirait ! a commenté Benjamin, en attaquant sa troisième tartine.

— Oui, a approuvé papa. À ce rythme-là, à la fin de la semaine, elle n'aura plus de voix !

Le jour de la rentrée, je suis toujours pressée que les copains arrivent. Après les vacances, on a tellement de choses à se raconter ! Ce matin-là, avec la bonne nouvelle des cahiers, j'avais encore plus hâte que d'habitude. La tête de Martial quand j'allais lui annoncer qu'on n'avait pas de cahiers !

Martial, c'est mon meilleur copain. Il est comme moi : moins on travaille, mieux il se porte. Quand il est arrivé, tout bronzé, avec son vieux sac à dos défoncé et un ballon de foot tout neuf dans un filet, j'ai couru vers lui :

— Hé ! Martial, tu sais quoi ? On peut pas travailler, y a pas de cahiers !

Martial faisait encore des bonds de joie quand Solange est arrivée.

Solange, c'est ma meilleure amie. Martial ne m'a pas laissé le temps de lui annoncer la bonne nouvelle. D'ailleurs, pour elle, c'était plutôt une mauvaise nouvelle. Solange travaille bien et elle adore écrire, surtout sur les cahiers neufs...

En fin de journée, la directrice a piqué sa quatrième crise, contre un petit CP qui l'appelait « mademoiselle ». Elle n'a pas de mari mais elle veut qu'on l'appelle « madame » quand même. Papa dit qu'elle est mariée avec son école. C'est vrai que si elle avait un mari, je ne sais pas quand elle s'occuperait de lui : elle est toujours sur notre dos ! Comme si on était ses enfants, ses deux cents enfants ! (Merci de la maman !)

Martial, lui, dit qu'elle n'a jamais trouvé de mari parce qu'elle est trop moche. C'est sûr, elle est moche mais j'en connais d'autres qui sont au moins aussi moches et qui ont quand même trouvé un mari.

Comme la mère de Chloé Jambier ou celle de Jacky Paratini. Et puis il y a des maris qui sont rudement moches, eux aussi ! Si vous avez déjà croisé le père de Paul Colinot ou celui de Marie Béret, vous devez voir ce que je veux dire...

Solange, qui voit toujours des histoires d'amour partout, a longtemps essayé de nous faire avaler que Mme Nervos était amoureuse de Fernand Moubel, l'ancien surveillant. J'avais beau lui dire que c'était impossible vu que Mme Nervos était tout le temps en train de crier sur le pauvre Fernand, Solange me soutenait que ça n'empêche pas, et que dans *Amour à mort*, son feuilleton américain préféré, Cindy et Jason n'arrêtent pas de se chamailler alors que leur amour est aussi fort que la mort... (Là-dessus, je ne peux pas discuter, notre télé était déjà cassée avant que le feuilleton commence à passer.)

Quand Fernand est parti pour ses oreilles, Solange a redémarré avec une nouvelle invention : Mme Nervos est amoureuse de M. Riquet ! C'est le directeur du collège, à côté. Tout l'opposé de notre directrice : un petit moustachu qui ressemble à un gros chat et qui sourit tout le temps. Sauf que moi qui les connais bien tous les deux, je sais que Mme Nervos est parfois moins méchante qu'elle en a l'air. Alors que M. Riquet, c'est l'inverse : il est souvent moins gentil qu'on croirait...

Bref, à part cette crise « anti-mademoiselle », la journée s'est quand même bien passée. À la cantine, les ouvriers ont branché les fours juste à temps pour réchauffer le hachis Parmentier. On n'a pas beaucoup écrit, juste quelques renseignements, sur des fiches...

Le mardi, les choses se sont corsées. Ce matin-là, je dormais avec Alfred. (Chez nous, il n'y a que trois chambres : une pour les deux parents et deux pour les trois enfants. Alors je change de chambre et de frère, selon mon humeur ou la leur...) À sept heures et quart, mon réveil a sonné. Quand j'ai ouvert la fenêtre qui donne sur la cour, Alfred a grogné, comme toujours. Mais ma voix a couvert la sienne :

— La vache ! Charlemagne !

Mon petit frère a bondi de son lit :

— Où yé la vasse ?

J'étais muette de stupeur : au milieu de la cour, Charlemagne était toujours là. Mais l'empereur avait un short à fleurs peint par-dessus son armure ainsi qu'un nez rouge de clown. Et des inscriptions énormes, luisantes, dégoulinantes, s'étalaient tout autour de la statue :

ÉCOLLE DE POURITS
RALBOLE
Y AN A MARE
TRO ZINJUSTE

— Où la vasse ? Où la vasse ? continuait mon petit frère en tirant sur ma chemise de nuit.

Je l'ai hissé sur un tabouret. Il a pointé Charlemagne du doigt avec un sourire extasié :

— Yé pas la vasse ! Yé Guionald Mac Donald ! Yé zénial !

(Comme vous avez pu le constater, mon petit frère a pas mal de problèmes avec la prononciation.)

— Oui ben, je peux te dire que Mme Nervos, elle va pas trouver ça zénial, à mon avis !

Là-dessus, Benjamin, mon grand frère, est arrivé, habillé et coiffé comme une star alors que, le mardi, il ne commence qu'à neuf heures...

— Qu'est-ce qui se passe ?

— Vise un peu Charlemagne !

Il a jeté un coup d'œil sur la statue, puis, du haut de sa grandeur, il a simplement lâché :

— Pfff... encore une sale blague de nain...

3

Je sentais bien que ça n'allait pas passer tout seul. Je ne me suis pas trompée... J'avais à peine fini de m'habiller qu'un cri strident a déchiré le calme du petit matin. On s'est tous précipités à la fenêtre de la salle à manger. De l'autre côté de la cour, Mme Nervos était à la sienne, tellement penchée qu'on aurait dit qu'elle allait tomber. (Elle habite en haut du bâtiment principal, juste sous les toits et la grosse horloge.) Elle ressemblait au coucou qui sort de la pendule du salon, sauf que là, le coucou avait une robe de chambre à fleurs et des bigoudis.

— Au secours ! Qu'est-ce qui est arrivé à Charlemagne ?

Mes parents regardaient la statue avec consternation. Papa déchiffrait les inscriptions entre ses dents.

— Qui a bien pu écrire des horreurs pareilles ? a murmuré maman.

Là-bas, à sa fenêtre, Mme Nervos a chaussé ses lunettes :

— Qu'est-ce qui est écrit, exactement ? Je ne vois pas, d'ici !

— Yé Guionald Mac Donald ! Yé zénial ! a crié Alfred dans le silence qui a suivi.

Papa lui a mis la main sur la bouche.

— Chhttt !

— Qu'est-ce qui est écrit ? a redemandé Mme Nervos. Nicole ! Vous voyez ce qui est écrit ? Je n'arrive pas à lire !

Maman fixait la statue en plissant les yeux comme si elle ne savait plus lire le français. Pourtant les mots étaient bien là, sous nos yeux, sous notre nez.

— École de... j'ai commencé.

Aussitôt, maman m'a pincée en me lançant un regard-revolver :

— Tu te tais !

— Ben pourquoi ? Il faut pas lui dire ce qui est écrit ?

— Elle le verra bien assez tôt ! a dit papa.

— On n'est pas sortis de l'auberge ! a ajouté maman.

— Yé quoi, gaubège ? a demandé mon petit frère Alfred.

Pour toute réponse, maman a attrapé son imper et elle est sortie. Le temps qu'elle arrive au pied de la statue, Mme Nervos était descendue. Je ne l'avais jamais vue comme ça ! Sa robe de chambre à grosses fleurs bleues et jaunes, largement trop courte, laissait voir ses jambes nues, toutes maigres, comme deux bouts de bois, chaussées de mules roses à pompons ridicules. Je me suis cachée derrière le rideau de la salle à manger tellement j'avais envie de rire.

La directrice, elle, ne riait pas du tout. Elle arpentait la cour de long en large, en faisant de grands gestes, en levant les bras, en les baissant, en mettant ses poings sur ses hanches. De temps en temps, elle répétait :

— Quelle ca-la-mi-té ! Quelle ca-la-mi-té ! Nicole, vraiment, vous n'avez rien vu ?

— Mais non, madame Nervos, rien du tout...

Maman la suivait, l'air catastrophé, en hochant la tête et en faisant pas mal de gestes aussi. Le nouveau surveillant est apparu à la porte du préau, comme une ombre dans son costume sombre. Il a attrapé le balai posé contre la porte des W.-C. et il a commencé à balayer, en tournant, comme un drôle de danseur. Mme Nervos l'a rejoint et l'a tiré par le bras pour lui montrer la statue. Il a mis sa main devant sa bouche comme s'il découvrait la ca-la-mi-té. À mon avis, il l'avait déjà repérée mais il faisait semblant de rien.

— Et vous ! Vous n'avez rien vu ? À quelle heure êtes-vous arrivé, ce matin ? a martelé Mme Nervos à la figure du surveillant.

— Je... je... je...

— Quoi « je... je... je » ? a trépigné la directrice. Vous avez vu quelque chose, oui ou non ? Et d'abord, arrêtez de balayer ! Ce n'est pas votre métier, monsieur Pomec ! Vous êtes payé pour surveiller, pas pour ramasser de malheureuses feuilles de cerisier, qui viennent de la cour du collège, qui plus est ! (Au collège, à la place de notre statue de Charlemagne, ils ont trois super-cerisiers. Trop injuste. Surtout que, quand les cerises sont mûres, pour passer c'est vraiment dur. La porte est toujours fermée. Il faut escalader le mur, mais il est bordé de grilles en pointes. J'y reviendrai...)

Le surveillant s'est redressé. Il a regardé la directrice bien en face et il a lâché :

— J... j... j... j'ai rien vu ! Rien de rien !

Mme Nervos lui a pris le balai des mains pour essayer de frotter la peinture sur la statue. Tout ce qu'elle a réussi à faire, c'est à l'étaler encore plus, comme la confiture de fraises sur mes tartines du matin...

4
COUR DE JUSTICE

Ce n'est pas qu'on l'aime tant que ça, ce sacré Charlemagne. Surtout moi, vu que c'est lui qui a inventé l'école, paraît-il. Mais tout de même, quel choc ! Quand les copains ont commencé à arriver, tout le monde se bousculait autour de la statue et même les plus petits se rendaient compte que c'était grave. Certains avaient peur. D'autres trouvaient ça drôle. Plusieurs CP ont commencé à raconter que c'était pour le carnaval et qu'on allait tous se déguiser. Martial était mort de rire. Quand j'ai raconté que j'avais vu Mme Nervos en robe de chambre et mules à pompons, j'ai cru qu'il allait s'étrangler.

— T'as trop de chance, Lison ! Je te jure, trop de chance ! T'as pris une photo, au moins ?

— T'es fou ? Elle m'aurait tuée ! Et puis d'ailleurs, j'ai pas d'appareil !

On est restés en récréation longtemps après la

sonnerie. Mme Nervos entrait, sortait, parlait aux maîtres et aux maîtresses. Finalement, on nous a tous fait mettre en rangs par classe. Puis le surveillant est arrivé avec l'escabeau qui sert à la directrice quand elle veut faire un discours dans la cour. Elle est montée dessus en tapant dans ses mains. J'étais au premier rang. Sous mon nez, je voyais les jambes de Mme Nervos. Elles avaient retrouvé leur allure habituelle, avec les bas un peu orange qui font des plis et les chaussures noires à lacets. La directrice a toussoté deux ou trois fois puis elle a commencé d'une voix crispée :

— Silence ! S'il vous plaît ! Vous avez tous vu, je suppose, le méfait qui a été commis. La statue de Charlemagne, notre statue de Charlemagne, cette œuvre d'art qui fait la fierté de notre cour et je dirais même de notre école... Cette statue a été... je ne sais comment dire...

— Taguée !?! a lancé Martial à côté de moi.

Mme Nervos a sursauté. Ses yeux noirs se sont promenés sur nous, menaçants :

— Qui a dit ça ?

— Moi ! a répondu Martial sans se méfier.

Au-dessus de ma tête, Mme Nervos a serré ses poings comme quand elle va crier très fort. C'est ce qu'elle a fait :

— Martial Pistalou ! Ce verbe n'est pas dans le dictionnaire ! Il n'existe pas ! Tu m'entends ? Je ne veux pas qu'on emploie des mots qui ne sont pas dans le dictionnaire ! Tu me copieras vingt fois : « Madame la directrice ne veut pas que l'on emploie des mots qui ne sont pas dans le dictionnaire ! »

Elle s'est tournée vers notre maître et elle a ajouté :

— Monsieur Dequille ! Vous veillerez à ce que Martial Pistalou fasse bien sa punition, je vous prie !

J'ai jeté un coup d'œil vers Martial. Il piquait du nez, comme tout le monde. Et ceux qui rigolaient tout à l'heure n'avaient plus tellement l'air d'avoir envie de continuer...

— Donc ! a repris la directrice. Cette statue a été... souillée, défigurée, j'ose même le dire : pro-fa-née ! (Je ne sais pas ce que ça veut dire et à mon avis la plupart des copains non plus, mais elle a beaucoup appuyé là-dessus.) C'est un événement de la plus haute gravité. En conséquence, je demande au coupable de se dénoncer im-mé-dia-te-ment.

Im-mé-dia-te-ment, il y a eu un silence intense. On entendait les voitures, dans la rue, comme si elles passaient au milieu de la cour. On a attendu, attendu, sans bouger. Au bout d'un moment, Mme Nervos a repris son discours.

— Pas un mot ! Je m'en serais doutée ! On a le courage de faire des bêtises. Mais pas le courage de les avouer. Alors je pose une autre question : quelqu'un a-t-il vu quelque chose ? Su quelque chose ?

Entendu quelque chose qui pourrait nous aider à trouver le coupable ? Ré-pon-dez !

Silence total. J'ai levé le nez un instant. Sur le ciel chargé de nuages gris, le visage de Mme Nervos se détachait, tendu, grimaçant.

— Vous avez peur d'être punis ? Rassurez-vous ! Je ne punirai pas ! Il se peut même que je récompense celui ou celle qui me fournira un renseignement utile !

Elle a dit ça d'un ton tellement menaçant qu'à mon avis personne n'y a cru. En tout cas pas moi. Un petit CP a quand même osé lancer :

— Ben... pourquoi on devrait dire que c'est nous si c'est pas nous ?

— ÇA SUFFIT ! a crié Mme Nervos en tapant du pied.

L'escabeau a failli tomber. M. Pomec l'a rattrapé de justesse. La directrice a pris appui sur la tête du surveillant pour retrouver son équilibre. Quand elle l'a lâché, la grande mèche qui barre son crâne à moitié chauve lui pendait sur le côté, devant l'oreille, comme une vieille ficelle.

— Ça ne va pas se passer comme ça ! Punition générale ! Je vais distribuer à vos maîtres le texte de l'encyclopédie sur l'empereur Charlemagne ! L'encyclopédie en vingt-trois volumes qui est dans la salle d'étude ! Et ce texte, vous le copierez ! Chaque jour ! Jusqu'à ce que le coupable soit démasqué !

Pour la copier, on allait la copier, la vie de Charlemagne : cinq fois ! Et pas pendant les heures de classe ! Chez nous ! Alors qu'on avait déjà trois exercices de maths, un contrôle de géo et une leçon de grammaire pour le mercredi ! Et le texte faisait au moins cinquante lignes ! Quand M. Dequille nous a annoncé ça, toute la classe a levé le doigt pour protester. Sauf Jean Germain, le chouchou qui dit toujours « oui monsieur » à tout et Hedwige Tarin, qui n'écoute jamais rien.

— Mais pourquoi cinq fois, m'sieur ? a demandé Jacky Paratini, au bord des larmes. (Le pauvre Jacky, il écrit à deux à l'heure.)

M. Dequille a eu son petit sourire tranquille. Son petit sourire qui lui donne l'air de se moquer de tout et surtout de nous. C'est le plus âgé des instituteurs de l'école. Il va bientôt partir à la retraite. Il nous en parle souvent, de sa retraite. C'est même le seul sujet dont il parle sans avoir l'air de s'en moquer. Quand il raconte le hamac qu'il s'est fabriqué lui-même selon la technique des Indiens, et comme il va être bien dedans quand il ne sera plus obligé de venir travailler, ses yeux brillent derrière ses lunettes.

— Pourquoi cinq fois ? Eh bien, disons... parce que vous êtes en CM2 et que ça fait cinq ans que vous fréquentez l'établissement !

— Alors si on était en CP, on le copierait une fois seulement ?

— Exactement, Pistalou ! a souri M. Dequille. Et toi, n'oublie pas que tu as une punition de la directrice à propos du verbe « taguer », en plus !

Martial a soufflé comme une locomotive sur le point de dérailler.

— C'est dégoûtant, m'sieur ! Vous dites tout le temps que plus on a travaillé, plus on a le droit de se reposer... Alors ça devrait être le contraire : on devrait la copier une seule fois et les CP cinq fois...

— Silence ! Quand vous aurez autant travaillé que moi, vous pourrez vous reposer. Pour l'instant, on n'en est pas là ! Vous copiez la punition cinq fois et point à la ligne.

En rentrant, à quatre heures et demie, j'ai à peine pris le temps de goûter. Je me suis enfermée dans la chambre pour m'attaquer à l'horrible punition. Maman m'a proposé de venir avec elle faire des courses. Je lui ai dit que j'avais du travail, sans préciser quel genre de travail. Elle m'a souri en disant : « C'est bien »...

Une heure plus tard, quand Benjamin est arrivé du collège, j'avais à peine fini la première page. Il s'est penché par-dessus mon épaule, selon sa sale habitude :

— La vie de Charlemagne ! C'est bien, ça ! Depuis le temps que vous jouez à chat et aux billes au pied de ce bon vieil empereur, vous saurez au moins pourquoi on lui a élevé une statue, les nains !

J'ai avalé « les nains » sans piper. J'avais autre chose à faire que de me disputer :

— Benjamin, je t'en supplie ! Je dois copier ça cinq fois pour demain ! Tu veux pas m'aider ? Je suis sûre que tu peux imiter mon écriture très très bien...

Il a tourné les talons :

— Désolé ! Faire de la copie, c'est plus de mon âge !

— Alors fais-moi mes maths, au moins !

— Je vais d'abord faire mes maths à moi, si tu permets...

Papa est rentré avant maman. J'attaquais péniblement la troisième feuille. Je n'ai pas eu à me forcer beaucoup pour me mettre à pleurer. Avec papa, c'est mon joker : il ne supporte pas que je pleure. Il suffit que je fonde en larmes pour que lui, il fonde comme du beurre. Ça a marché. Il s'est penché vers moi, tout gentil :

— Qu'est-ce qui se passe, ma Lisonnette ?

— Snif... la directrice... snif... elle nous a donné tout ça à copier... La vie de Charlemagne... snif... cinq fois... tous les jours... snif... jusqu'à ce que celui qui a peint la statue se dénonce... Et en plus... snif... j'ai plein d'autre boulot... snif snif...

Papa a mis ses mains sur ses hanches :

— Ma pauvre cocotte ! Tu vas finir par connaître le menu du cheval de Charlemagne avant chaque bataille ! Mais est-ce qu'on a essayé de la nettoyer, cette statue, au moins ? On peut peut-être les enlever, ces graffitis ! Comme ça, il n'y aura plus d'histoires...

J'ai posé mon stylo illico :

— Oh, papa, tu crois ?

Papa a enlevé son costume de bureau, enfilé sa salopette et ses gants de bricolage. C'est un super-bricoleur, mon père. Il sait tout faire. D'ailleurs, chaque fois que quelque chose casse dans l'école, Mme Nervos l'appelle au secours. Souvent, dans le dos de la directrice, il râle qu'il en a assez, qu'il est le mari de la gardienne, pas le gardien, ni l'homme à tout faire. Mais finalement, il le fait ! À chaque Noël, quand Mme Nervos nous offre sa boîte de pâtes de fruits (on déteste les pâtes de fruits, mais on n'ose pas lui avouer), elle dit toujours :

— Laissez-en pour votre papa, surtout, les enfants ! Il le mérite, cher M. Deslivres ! Notre roi de la boîte à outils, notre bricoleur de génie !

Ce soir-là, avec mon papa-bricoleur-de-génie, on a essayé à peu près tous les produits d'entretien que contenait notre placard : chiffon, paille de fer, brosse, eau froide, eau chaude, white-spirit, térébenthine, alcool à brûler... Je préférais ça plutôt que recopier ! Mais le problème, c'est qu'au bout d'une heure on n'avait même pas réussi à faire partir un centimètre de la première lettre du premier graffiti...
— On n'y arrivera pas ! C'est incrusté ! Il va falloir appeler des professionnels ! a conclu papa en enlevant ses gants.

Après le dîner, je me suis retrouvée devant ma copie. Quand il a vu mon index tout déformé à force d'écrire, Benjamin a quand même eu pitié de moi. Il m'a fait mes maths et même mon français. Il était peut-être simplement pressé d'éteindre, mais j'ai apprécié. (Ce soir-là, dans l'espoir qu'il accepte de m'aider, je m'étais mise dans la chambre avec lui.)

Le lendemain matin, mercredi, quand maman a ouvert les portes de l'école, le surveillant était déjà en train de mettre en place l'escabeau.

— Tiens ! On va encore avoir un discours ! a dit Solange, entre deux sauts à la corde.

Martial est arrivé, super-excité. Dans son filet, en plus de son ballon de foot, il portait un gros dictionnaire :

— Hé ! Boulée, la dirlo ! « Taguer », c'est dans le dico !

Dès que Mme Nervos est apparue, il s'est précipité sur elle :

— Hé, m'dame ! « Taguer », c'est dans le dictionnaire, je vous ferai savoir ! Regardez ! Je l'ai apporté !

Mme Nervos a fait une drôle de tête.

— Dans le dictionnaire ! Quel dictionnaire ?

Elle a pris le dictionnaire de Martial. Elle l'a ouvert. Puis elle l'a refermé et lui a rendu brusquement. On aurait presque dit qu'elle voulait le jeter :

— Je n'ai pas mes lunettes ! Et puis je n'ai pas que ça à faire ! Et puis ne te réjouis pas trop vite ! L'affaire n'est pas classée !

Le surveillant nous a fait mettre en rangs. Exactement comme le jour d'avant. Sauf qu'il faisait encore plus gris et qu'il y avait encore plus de vent. Mme Nervos a tapé dans ses mains d'un petit air malin qui n'annonçait rien de bon...

— Bonjour, les enfants ! Alors ! Puisque personne n'a eu le courage de parler, je vais vous aider. Comme vous l'avez certainement remarqué, les effroyables inscriptions de la statue contiennent des fautes d'orthographe. Combien de fautes ? Qui peut me dire combien de fautes ?

Jean Germain a levé le doigt. Ça m'aurait étonnée.
— Dix, madame !
Dix fautes !?! Je n'en avais même pas vu une seule !
— Très bien ! N'en dis pas plus, Jean ! Surtout n'en dis pas plus ! s'est écriée Mme Nervos. Nous allons faire une petite enquête très intéressante. Chaque élève va faire un pas pour s'écarter de son voisin. Prenez une feuille et un crayon dans vos sacs. Écrivez la date, votre nom. Et dites quelles sont les fautes d'orthographe en question...

On est restés comme des statues autour de la statue.
— Allons, allons ! Dépêchons-nous ! Puisque vous ne voulez pas parler, vos fautes parleront pour vous !

6

— Qu'est-ce que t'as mis ? Qu'est-ce que t'as mis ?
Dans l'escalier, après le test d'orthographe, la panique est montée bien plus vite que nous. Si on avait additionné tout ce que tout le monde racontait, ce n'est pas dix, mais cent ou même mille fautes qu'on aurait trouvées sur la statue. À peine installé à sa place, Martial a commencé à tourner les pages de son dictionnaire pour essayer de repérer les mots écrits sur la statue. Mais il était trop excité : il ne retrouvait rien du tout. M. Dequille a fini par lui confisquer son dico. Lui qui n'arrête pas de nous répéter qu'il faut se servir du dictionnaire. Le monde à l'envers !

Je crois que je n'ai jamais écouté aussi peu que ce mercredi matin. Déjà, en classe, je n'écoute jamais beaucoup. Mais là, je n'arrive pas à me souvenir d'une seule chose qui se soit passée, en dehors de la récré.

Enfin, quand je dis la récré. On n'en a pas eu, de récré ! À la place, on a eu encore un sermon ! Mme Nervos est passée dans la classe cinq minutes avant la sonnerie. Elle nous a à peine regardés. Elle a murmuré quelque chose à l'oreille de M. Dequille puis elle est partie. Quand ça a sonné, M. Dequille nous a emmenés directement vers la salle polyvalente.

— Où on va ? a demandé Solange.

— Dans la salle polyvalente. La directrice veut vous parler.

— Encore ! a soufflé Jacky.

M. Dequille s'est retourné :

— Qui a dit : « encore » ?

On s'est tous arrêtés de marcher. Personne n'a pipé.

— Le prochain qui dit un mot de trop, deux heures de colle samedi !

On est repartis.

— Pourquoi on va pas dans la cour, comme les autres fois ? a dit Martial quand on a traversé le hall.

M. Dequille a haussé les épaules :

— Pistalou ! Encore une question inutile ! Toi qui passes ton temps à regarder par la fenêtre : tu n'as pas remarqué qu'il tombe des cordes ?

La salle polyvalente, c'est un ancien hangar, tout au fond, derrière l'école. Quand cette salle a été installée, ça devait être pour faire du théâtre, de la danse et plein d'activités qui avaient l'air chouettes. En fait, la plupart du temps, on y fait des activités pas rigolotes du tout, genre réunions des parents ou discours de la directrice. Quand on est entrés, toutes les autres classes étaient déjà assises et Mme Nervos debout, sur l'estrade, une feuille à la main.

— Bien, a dit la directrice. J'ai ici les résultats du test d'orthographe que vous avez effectué ce matin. Quatre élèves n'ont trouvé aucune des dix fautes. Ils sont donc les premiers sur ma liste de suspects. Il s'agit de Joachim Binard, Alexandrine Flube, Lison Deslivres et Martial Pistalou. Ces quatre-là viendront demain matin dans mon bureau pour un entretien avec moi... D'ici là, je compte sur eux, et sur vous tous, pour réfléchir en votre âme et conscience et pour venir me confier toute information qui pourrait faire avancer notre enquête.

Au fur et à mesure qu'elle parlait, j'ai senti mon cœur s'accélérer et mes pieds se refroidir comme si on avait versé des glaçons dans mes chaussures. À côté de moi, Martial essayait de rire, mais je voyais bien qu'il se forçait. Quand on est sortis, Joachim Binard, un CM1 qui donne tout le temps des coups de pied, a dit que son grand-père avait travaillé dans la police et que si Mme Nervos cherchait des crosses, son papy pouvait très bien venir la buter.

Alexandrine, la dernière « suspecte », une petite de CE2 qui pleure toujours pour un rien, était en larmes dans un coin. Deux copines lui tenaient la main... Impossible d'imaginer Joachim ou Alexandrine en train de peinturlurer Charlemagne. Ça ne pouvait pas être Martial non plus. On se raconte tout. Il me l'aurait dit.

À midi, je suis rentrée déjeuner à la maison. (Le mercredi, il n'y a pas cantine.) Ça sentait bon la pizza. D'habitude, j'adore ça. Mais là, je n'avais vraiment pas faim.

— Qu'est-ce qu'il y a, Lison, tu n'as pas l'air dans ton assiette ? a dit maman en me regardant chipoter ma pizza...

J'avais décidé de ne rien dire. Mais je me demandais si la boule dans ma gorge ne risquait pas de me trahir.

— Ça va, j'ai un peu mal à la tête...

— Je peux prendre sa part ? a demandé Benjamin, toujours solidaire.

— Et moi ? Et moi ? s'est écrié Alfred qui en avait plein son assiette mais qui a toujours peur de manquer.

Maman a posé sa main sur mon front :

— J'espère que tu n'as pas de fièvre ! Va t'allonger, si tu veux...

Je me suis levée, soulagée. N'importe quoi plutôt que de rester sous leurs trois paires d'yeux. Dès que je suis arrivée dans ma chambre, on a sonné à la porte d'entrée. Je me suis penchée par la fenêtre pour regarder qui arrivait. C'était Mme Nervos ! Mon cœur a fait un nouveau bond. Mme Nervos ! Et si elle racontait à maman le coup des fautes ? Je me suis collée contre la porte en retenant ma respiration. La directrice est entrée et a pris le bras de maman :

— Nicole ! C'est de pire en pire ! Je viens de recevoir un coup de fil de l'inspection : l'inspecteur vient cette semaine ! S'il voit la statue dans cet état, je peux dire adieu à mes palmes académiques ! Moi qui étais sur le point de les obtenir, paraît-il ! Et impossible de trouver une entreprise qui puisse venir nettoyer la statue avant dix jours ! Alors j'ai eu une idée : vous qui savez coudre, est-ce que vous ne pourriez pas arranger une sorte de sac, comme une grande bâche pour recouvrir Charlemagne du haut en bas... Et puis on dira... je ne sais pas, moi, que la statue est en cours de ravalement !

Maman s'est levée et a ouvert le placard à produits d'entretien où elle range aussi ses tissus.

— C'est qu'il va falloir un sacré morceau de tissu, pour recouvrir Charlemagne ! Je ne sais pas si j'ai ça...

En passant devant le placard, Mme Nervos s'est arrêtée net. Elle a saisi une bombe de peinture.

— Qu'est-ce que c'est que ça ?

Maman a continué à fouiller dans ses bouts de chiffons :

— Oh, ne vous inquiétez pas, il y a du désordre, c'est mon mari qui a tout retourné hier au soir pour essayer de nettoyer, justement et...

— C'est une bombe de peinture rouge ! l'a coupée Mme Nervos, d'un ton d'inspecteur de police.

Maman s'est retournée sans comprendre :

— Oui... Eh bien ?

Mme Nervos n'écoutait plus rien. Elle a mis ses lunettes pour lire l'étiquette comme si le nom du coupable allait être écrit dessus :

— Indélébile. Toutes surfaces. Intérieur. Extérieur...

Maman n'avait pas l'air de comprendre. Moi si. Sur la liste des quatre suspects, je venais de prendre la première place.

— Vous permettez que je l'emporte ? a demandé Mme Nervos.

— Oh, mais bien sûr, prenez, prenez !

Et la directrice est partie, serrant la bombe comme un trésor.

7

J'ai ruminé une bonne partie de l'après-midi dans ma chambre. J'ai entendu maman sortir sa machine à coudre et se mettre au travail pour attaquer le maudit sac cache-statue. Benjamin est parti au cinéma. Il m'a demandé si je voulais venir avec lui mais je n'en avais même pas envie. Alfred ne m'a pas dérangée : il adore quand maman coud. Il se cache sous la table et c'est lui qui appuie sur la pédale. Il dit qu'il conduit un vaisseau spatial. Deux ou trois fois, maman est venue me voir. En entendant ses pas dans l'escalier, j'ai vite fait semblant de dormir. Mais je ne dormais pas. Loin de là. Dans ma tête, les idées tournaient à toute allure et elles étaient noires, très noires. Qu'est-ce que la directrice allait bien pouvoir faire de cette maudite bombe de peinture ? Comparer la peinture de la bombe avec celle de la statue ? Et si c'était la même ? J'allais peut-être aller en prison ! Est-ce qu'on peut aller en prison pour de la peinture sur une statue ?

Vers cinq heures, je n'en pouvais plus. Maman est sortie avec Alfred, sans faire de bruit, pour ne pas me « réveiller ». Je me suis levée. Je me suis regardée dans la glace. J'avais l'air d'une mouette mazoutée. Le teint gris, les cheveux en bataille. Je me suis donné un coup de peigne, j'ai bu un verre de limonade et j'ai laissé un mot sur la table : « Je vai ché Martial. »

Ce mercredi-là, je ne voyais vraiment pas d'autre endroit où aller pour me remonter le moral. On s'amuse bien, chez Martial. Son père tient une épicerie, « L'Épicerie du coin », au coin de la rue des Vignes et de la place de la Liberté. Sa maman, il n'en a pas. Elle est morte quand il était tout petit. Martial dit qu'elle ne lui manque pas trop, puisqu'il ne l'a pas connue.

Dans l'épicerie du père de Martial, il y a tout ce qu'on peut imaginer : des légumes, des fruits, des outils, des ampoules, des éponges, des bonbons, des journaux, des rouges à lèvres, des maquillages, des piles de boîtes de conserve plus hautes que Martial et moi, des bocaux d'olives qui sentent les vacances, des sacs de cacahuètes, d'amandes, de noisettes, des épices de toutes les couleurs... et l'épicerie est toujours ouverte, même le dimanche, même le soir, même très tard.

— Tu vois, petite, c'est comme ça que j'attrape les cliangues ! m'a expliqué un jour le père de Martial. (Il est marseillais, pour dire « clients », il dit « cliangues ».) Moi, quand les autres ferment, je reste ouvert, peuchère !

Le mercredi, en fin de journée, Martial est toujours à la boutique parce que son père va jouer à la pétanque et qu'il ne veut pas laisser Leïla, la vendeuse, toute seule. Martial dit que son père a peur qu'elle pique dans les rayons ou dans la caisse. En fait, dès que le père de Martial tourne le dos, la seule chose qui intéresse Leïla, c'est d'essayer les produits de beauté (surtout les vernis à ongles, elle en est folle !) ou de se plonger dans les journaux et qu'on lui fiche la paix. C'est ce qu'on fait. Martial s'occupe de tout, il sert les clients, il encaisse, il rend la monnaie. Quand je suis là, je l'aide : je pèse les légumes, je mets les marchandises dans les sacs... Et on pioche dans les bonbons de temps en temps. Martial dit que c'est notre pourboire et qu'il vaut mieux piocher dans les bonbons que dans la caisse, vu que son père compte souvent ses sous, mais jamais ses bonbons.

Ce mercredi-là, quand je suis arrivée, Leïla a à peine levé le nez de son journal mais elle a quand même remarqué que je n'avais pas ma tête normale :
— Ouh, Lison... Tu as l'air bizarre, ce soir...

— Non non, je suis en pleine forme, Leïla !
Elle a replongé dans sa lecture en chantonnant.
— Eh ben tant mieux, ma gazelle !

J'ai laissé Martial terminer avec un client et je l'ai attiré dans un coin. Je lui ai raconté en vitesse la visite de Mme Nervos et le coup de la bombe de peinture :

— J'étais sur la liste des suspects. Mais maintenant, elle va être sûre que c'est moi, tu comprends ?

Martial a sorti de sa poche une guimauve qu'il a coupée en deux pour m'en donner la moitié.

— Mais en vrai, c'est toi, ou pas ?

J'ai cru tomber à la renverse :

— Arrête ! Tu te paies ma tête ? Bien sûr que non, c'est pas moi ! Tu crois que j'aurais pu faire ça sans te le dire ?

— Ben alors, pourquoi tu paniques ? Je te jure, on dirait vraiment que t'as pas la conscience tranquille !

— La conscience tranquille, d'accord... Mais si on m'accuse à tort ?

— Eh bien, ne te laisse pas faire ! Redresse la tête au lieu de la baisser ! La directrice veut prouver que c'est toi ! À toi de prouver le contraire !

— T'es marrant, toi, mais comment ?

— Tu l'as inspectée de près, au moins, cette statue ? Il y a peut-être... je ne sais pas, moi, un indice, des traces de doigts...

8
UN POIL DANS LA NUIT

Je suis partie de chez Martial toute regonflée. Il avait cent fois raison. Je ne pouvais pas me laisser soupçonner comme ça, sans rien faire. Au lieu de me laisser abattre, j'avais intérêt à me battre ! Je suis passée devant la statue, mais je ne me suis pas attardée. Inutile d'attirer l'attention de Mme Nervos si elle passait dans les parages. J'avais ma petite idée sur le meilleur moment pour agir.

En arrivant à la maison, j'avais retrouvé l'appétit et presque le sourire. Malheureusement, il n'y avait plus de pizza. Mes goinfres de frères avaient tout fini. C'était du poisson et des pâtes. J'ai noyé un peu de poisson dans beaucoup de pâtes et c'est passé. J'avais besoin de prendre des forces. Ce soir-là, j'ai choisi de dormir dans la même chambre qu'Alfred. Mon petit frère a le sommeil plus lourd que mon grand frère.

C'était important pour ce que je voulais faire. Je l'ai aidé à se mettre en pyjama, à se laver les dents et à se coucher. Je lui ai même lu l'histoire du lapin fou. Je la connais par cœur, à force, mais c'est celle qu'il préfère.

— Merci, ma Lison, m'a dit maman, perdue au milieu de son tissu. Toi qui étais si patraque cet après-midi, c'est vraiment gentil de rendre service comme ça !

Si maman avait su la vérité. Si elle avait su que ce qui m'intéressait, c'était que toute la famille aille se coucher et s'endorme le plus vite possible, elle ne m'aurait sûrement pas fait ce compliment. Mais je ne refuse jamais les compliments... Papa m'a dévisagée depuis son grand cahier de comptabilité :

— Tu étais patraque, Lisonnette ?

J'ai fait un petit sourire modeste et charmant.

— Oui, non mais ça va mieux, maintenant...

Le moment que j'attendais a mis un temps fou à arriver. Maman a cousu son sac cache-statue jusqu'à minuit passé. Papa est resté avec elle pour l'aider et ils se sont disputés parce qu'il tirait le tissu du mauvais côté. Heureusement, quand même, le ronron de la machine a fini par s'arrêter, les lumières se sont éteintes et mes parents sont montés se coucher. Vers deux heures du matin, j'ai entendu papa ronfler. C'était le signal que j'attendais. Je me suis levée tout doucement. Alfred dormait comme un bébé. Il était mignon à croquer. Quand je vois mon petit frère dormir comme ça, ça me fait un drôle d'effet : je n'arrive pas à croire que c'est le même Alfred qui m'empoisonne dans la journée !

J'ai descendu l'escalier sur la pointe des pieds. Chaque fois qu'une marche grinçait, je m'arrêtais, le cœur battant. En bas, sur le bureau de papa, j'ai pris sa grosse loupe carrée. Et la lampe torche accrochée dans le placard de l'entrée. Coup de chance : j'ai réussi à défaire les deux verrous pratiquement sans bruit. J'ai ouvert la porte et je me suis retrouvée sur le perron, seule dans ma chemise de nuit, face à la cour déserte. Un quartier de lune et la lueur des réverbères de la rue éclairaient à peine le décor. Le vent sifflait dans les branches des cerisiers du collège. Un chien aboyait au loin, très loin, trop loin pour que ce soit à cause de moi. J'avais l'impression d'être au bord d'une piscine glacée. Ce n'était plus le moment de reculer. Il fallait plonger. Et vite. Charlemagne, à nous deux, mon vieux !

J'ai escaladé la grille de la statue pour m'approcher le plus près possible des inscriptions. La loupe d'une main, la lampe torche de l'autre, j'ai commencé mon inspection. Le É de ÉCOLLE, celui qu'on avait frotté avec papa, était un peu plus pâle que les autres lettres. ... S... T... I... R... U... O... P... La peinture formait une croûte brillante sur la surface de la pierre. Mais sur cette croûte, rien à signaler. E... L... O... B... L... A... R... De temps en temps, mes pantoufles glissaient sur les barres de fer de la grille. Je me raccrochais au manteau de Charlemagne ou à son épée. L... O... B... L... A... R... Le puissant faisceau de ma lampe avait beau suivre le tracé de chaque lettre : pas la moindre empreinte, pas le moindre indice...

Et puis, au beau milieu du N de Y AN A MARE, victoire ! Là, sous mon nez : un poil ! Un poil de pinceau ! Un beau poil blond-roux, costaud, pris dans la peinture comme une souris dans une tapette ! Un précieux poil qui allait me permettre de démontrer à Mme Nervos que la bombe de peinture n'y était pour rien. Je l'ai décollé délicatement. Encore plus délicatement que Benjamin quand il colle ses maquettes d'avion. Je le tenais bien fermement entre le pouce et l'index quand soudain, là-haut, sous l'horloge, j'ai vu une fenêtre s'allumer. Pire, elle s'est ouverte. La voix métallique de Mme Nervos a percé le silence de la cour :

— Qui va là ?

J'ai mis le poil en sécurité dans ma bouche et j'ai éteint ma lampe de poche. Trop tard, un autre faisceau s'est braqué sur moi, bien plus puissant.

— Inutile de fuir, Lison, je te vois !

Fuir ? J'aurais bien voulu. Mais impossible. Mes jambes ne répondaient plus. J'étais figée, paralysée...

— Qu'est-ce que tu fais là ?

Si elle continuait à parler comme ça, mes parents allaient se réveiller. Je sentais la sueur, froide, glacée, dégouliner le long de mon front. Le temps que je trouve la force de descendre de la grille, Mme Nervos était descendue de son appartement. Elle était là, devant moi.

— Ça ne te suffit pas ? Tu continues ? Tu as encore des atrocités à écrire sur cette statue ?

— Mais... mais...

Au moment où j'allais éclater en sanglots, la voix de Martial a résonné dans ma tête, comme un écho : « Allez, Lison ! Ne te laisse pas faire ! Défends-toi, défends-toi ! »

— Je... Ça suffit, madame ! Je n'ai rien fait à cette statue, d'abord ! Et je vais vous le prouver !

En disant cela, je tournais ma langue dans tous les sens pour récupérer le poil de pinceau. Mme Nervos, les mains sur les hanches dans sa robe de chambre de cauchemar, ne disait plus un mot. Elle me dévisageait comme si j'étais une extraterrestre descendue d'une soucoupe volante. J'ai sorti le poil, triomphante :

— Regardez ! C'est un poil de pinceau ! C'est avec un pinceau, pas avec une bombe, qu'on a tagué Charlemagne, madame !

Les mains de Mme Nervos se sont crispées sur sa lampe torche :

— « Tagué » ! Tu n'as pas encore compris que je ne veux pas entendre ce mot ! Bombe ou pinceau, qu'est-ce que ça change ? Ça ne prouve pas que tu n'es pas coupable, Lison Deslivres ! Je t'attends ! Oooohhh, je t'attends, demain matin, dans mon bureau ! Crois-moi !

Sur ces paroles, elle a tourné les talons de ses mules à pompons pour disparaître dans la nuit.

9

Quelle horreur ! Quelle injustice ! J'avais apporté à la directrice la preuve qu'elle se trompait et elle ne m'avait même pas écoutée.

Pire : son visage, en me répétant qu'elle m'attendait le lendemain matin dans son bureau, était plus menaçant que jamais. Presque un visage de sorcière.

Que faire, où aller ? Je me sentais incapable de retourner me coucher. Avec ce poil, je tenais peut-être le début d'une solution, ce n'était pas le moment de m'endormir. Je me suis assise un moment au pied de la statue pour réfléchir. C'est alors qu'un souvenir m'est revenu. Le souvenir d'un film que j'avais vu à la télé, juste avant qu'elle tombe en panne. Une histoire formidable, où le meurtrier avait fini par être identifié grâce à un cheveu coincé dans son peigne. La police était à ses trousses depuis des semaines sans résultat... Quand, un beau matin, un flic avait passé le cheveu au microscope, et là tout avait basculé. Le soir même, le meurtrier était coffré. Pourquoi est-ce que ce genre d'histoires arriverait seulement dans les films ? Moi aussi, j'avais un super indice ! Et je connaissais le chemin du commissariat de police !

Je suis rentrée à pas de loup dans la maison, juste le temps de décrocher la clé de la grande porte au tableau des clés de maman.

Chez nous, il y a deux entrées. Une sur la rue et une sur la cour. La petite porte sur la rue fait un bruit de casserole. J'ai ouvert la grande porte tout doucement. La rue des Cloches était déserte, tout comme la rue des Saules et l'avenue Tartarin, que j'ai prises en suivant. Je m'étais déjà promenée le soir, en rentrant du cinéma ou du restaurant, mais jamais toute seule, ni si tard.

À trois heures du matin, on peut vraiment dire que la nuit bat son plein. Même ceux qui dorment peu dorment quand même. Pas une voiture, pas un vélo sur la chaussée. Juste quelques feuilles d'arbre en train de tomber ou un vieux journal balayé par le vent.

Au coin de la rue des Commères, un chat a sauté d'une gouttière en miaulant. J'ai fait un bond en arrière. Il m'a regardé de ses yeux jaunes, l'air méprisant. Je n'osais plus bouger. Je me suis appuyée contre un mur pour reprendre ma respiration en attendant qu'il s'en aille. Il s'est glissé sous une voiture. J'ai hésité un bon moment, puis j'ai filé au pas de course, en me retournant dix fois pour voir s'il ne me suivait pas...

J'ai fini par arriver, tout essoufflée, dans la rue du commissariat. Au début, j'ai cru que je m'étais trompée d'adresse : tout était éteint. Mais le panneau « commissariat » était bien là, avec son bandeau bleu-blanc-rouge. Moi qui imaginais les policiers en pleine enquête, en pleine nuit, comme à la télé, j'étais loin de la vérité. Les portes étaient barricadées. Les policiers étaient partis. Ou bien ils dormaient. Comme tous les habitants d'Ysjoncte, sauf moi ! Décidément, c'était bien ma veine ! Je n'allais quand même pas rentrer bredouille après avoir fait tout ce chemin !

J'ai frappé, à tout hasard. Discrètement. Puis plus fort. Pas de réponse. Je me suis assise dans le recoin d'une porte cochère, mon poil bien serré dans la main, en pensant à toutes les heures qui passent et qu'on ne voit pas passer, toutes les nuits normales où on dort dans son lit, quand soudain, un bruit de moteur m'a fait sursauter. Une voiture de police ! Je me suis précipitée à la portière :

— Monsieur ! Monsieur !

Le policier au volant était seul, en uniforme mais sans son képi. Il n'avait pas l'air bien réveillé. Il m'a regardée bizarrement avant d'ouvrir sa vitre.

— Qu'est-ce que tu veux ?

— J'ai besoin de votre aide, monsieur ! Je suis accusée à tort dans une sale affaire ! Vous pouvez analyser un poil de pinceau ?

Le policier a posé sa main sur mon bras, comme un étau :

— Qu'est-ce que tu racontes ? Et qu'est-ce que tu fabriques ici, d'abord, à cette heure-ci, en chemise de nuit ? Ton nom ? Ton adresse ? Tes parents savent où tu es ?

— C'est moi qui vous ai posé une question ! Vous ne m'avez pas répondu ! Est-ce que vous pouvez, à partir d'un poil, me dire où et quand a été acheté le pinceau d'où vient ce poil... Et surtout, qui l'a acheté ! C'est ça que je veux savoir !

— Tu te paies ma tête ? Moi, je veux savoir qui tu es et ce que tu fais ici ! a crié le policier d'une voix qui m'a fait sursauter.

J'ai compris qu'on ne se comprendrait pas. J'ai même compris qu'il valait mieux que je déguerpisse en vitesse si je ne voulais pas aggraver mes ennuis. De ma main libre, j'ai pincé le policier pour qu'il me lâche et j'ai déguerpi par la rue du Guet.

LE FANTÔME DE L'AUBE
10

À l'heure où, d'habitude, je n'ai pas encore ouvert un œil, je galopais comme une perdue à travers les rues d'Ysjoncte. La ville commençait à se réveiller. Au Café de la Paix, les serveurs sortaient les tables et rentraient les poubelles, l'air déjà fatigué. La marchande de journaux dénouait les ficelles des piles de magazines qu'un camion venait de lui déposer. Chez le boulanger, derrière les vitres embuées, on devinait la forme des baguettes dorées.

Quelques silhouettes pressées commençaient à sortir des maisons. Les passants qui me croisaient me regardaient d'un air bizarre. En me voyant à mon tour dans la vitrine d'un magasin de vêtements, j'ai compris : on ne croise pas tous les matins une fille échevelée qui court en pleine rue en pantoufles et en chemise de nuit ! J'ai accéléré l'allure. Je voulais filer assez vite pour que les passants me croisant n'aient pas le temps de réaliser s'ils étaient encore en train de rêver ou s'ils venaient de voir passer un fantôme...

C'est en apercevant les grilles de l'école, au croisement de la place de la Chouette et de la rue des Cloches, que j'ai soudain réalisé que mes mains étaient vides ! Non seulement j'avais perdu mon poil (sans doute en pinçant le policier), mais j'avais aussi **perdu la clé** ! Moi qui comptais rentrer sans bruit à la maison avant que toute la famille se réveille et me glisser sous ma couette comme si de rien n'était, ça se présentait plutôt mal !

Que faire ? Sonner à la petite porte du n° 7, genre : « Coucou c'est moi, ne vous inquiétez pas, j'ai passé la nuit dehors mais tout va bien... » ? Je ne m'en sentais pas vraiment capable.

Repartir à l'autre bout de la ville pour essayer de retrouver la clé ? Au risque qu'elle n'y soit pas, mais que le policier y soit, lui, et qu'il me coince pour de bon cette fois ? Ce serait de la folie ! Je me suis plaquée dans un renfoncement pour guetter les fenêtres de la maison jusqu'à m'en user les yeux. Les volets de ma chambre restaient obstinément fermés. Pas étonnant : c'est toujours moi qui les ouvre. Alfred est trop petit, il ne peut pas. Quant à Benjamin, il n'ouvre jamais les siens. Monsieur a sans doute peur de s'abîmer les mains. Si seulement il pouvait faire une exception, pour une fois. À moins que je lui lance des cailloux...

J'ai cherché un caillou sous mes pieds. Mais le trottoir était désespérément net. Pas un projectile à se mettre sous la dent. Même pas une vieille bouteille ou une canette vide. Mme Nervos est intraitable, là-dessus aussi. Chaque soir, avant de partir, Simone et Melinda, les femmes de ménage, doivent balayer la rue devant les grilles.

À sept heures, la lumière s'est allumée en bas, dans la salle à manger. Derrière les rideaux, en ombre chinoise, j'ai aperçu la silhouette de maman qui se lève toujours la première. Elle n'avait sûrement pas encore découvert que je n'étais pas dans mon lit. Je me suis approchée de la porte. Tant pis, je n'avais plus qu'à sonner, à m'expliquer, à m'excuser, à dire la vérité. J'ai posé la main sur la sonnette, avec la même appréhension que si j'allais appuyer sur le déclencheur d'une bombe atomique. Soudain, à l'autre bout de la rue, la porte du collège s'est ouverte. M. Riquet, le principal, est sorti. Il a jeté un coup d'œil circulaire. Je me suis faite aussi plate que j'ai pu. Il ne m'a pas vue. Certains jours, les cours du collège commencent plus tôt. Coup de chance, ça tombait aujourd'hui. J'allais peut-être pouvoir me débrouiller pour me faufiler jusque chez moi et éviter l'orage nucléaire.

J'ai attendu que M. Riquet soit rentré pour m'approcher. Au collège, il n'y a pas de gardien. La surveillance des entrées et des sorties est moins sévère qu'à l'école primaire. Dès que le principal a disparu derrière la porte du couloir, j'ai foncé. J'ai traversé la cour à la vitesse de l'éclair. Mais arrivée au troisième cerisier, j'ai entendu un bruit de pas derrière moi. Je n'ai pas osé me retourner. J'ai préféré disparaître. Les W.-C. étaient à trois mètres. J'y suis entrée. J'ai fermé le verrou et je me suis assise, soulagée. Ouf, j'étais dans les murs ! Et dans un endroit où personne ne risquait de venir me chercher...

Les W.-C. du collège ressemblent comme des frères jumeaux à ceux de l'école primaire. Ils sont trois, donnent directement sur la cour et ils ont des portes en bois qui ne vont pas jusqu'en bas. À moi, maintenant, de choisir le meilleur moment pour en sortir sans me faire repérer. Le problème, c'est que si on ne me voyait pas, je ne voyais pas grand-chose, moi non plus.

Les bruits de pas qui m'avaient fait peur ont vite été suivis par d'autres, puis d'autres encore, puis par des voix, des « salut », des « ça va », qui rebondissaient derrière la porte comme des balles dont je n'arrivais pas à voir qui les lançait, qui les renvoyait. Je suis montée sur le siège des toilettes pour regarder par-dessus la porte. Mais j'étais trop petite. Je me suis baissée pour observer par en dessous. Dans la cour, une dizaine de paires de jambes étaient déjà visibles, par groupes de deux ou trois. Autant de sacs étaient posés par terre, de-ci, de-là. Inutile d'espérer sortir sans être vue. Au moment où je commençais à sentir une boule dans ma gorge en pensant à la tête de mes parents quand ils allaient trouver mon lit vide, quelqu'un est entré dans le W.-C. d'à côté. Sur le coup, je n'ai pas fait attention. Mais soudain, mon cœur a fait un bond. Sur le bas du pantalon de l'occupant du W.-C. voisin, il y avait une tache. De peinture. Rouge...

11

J'ai fermé l'abattant du W.-C. et je suis montée dessus. De là, je me suis agrippée à un tuyau pour regarder discrètement qui occupait le W.-C. d'à côté. Surprise : j'ai tout de suite reconnu la grande mèche et le crâne luisant du nouveau surveillant, M. Pomec ! Que diable venait-il faire dans les W.-C. du collège ? La réponse n'a pas tardé : il était en train de changer de pantalon ! Mon sang n'a fait qu'un tour. Une énergie surnaturelle m'a donné la force de me hisser tout en haut de la cloison, d'où je me suis jetée sur Pomec, comme un ouistiti sur un orang-outang. J'étais tellement décidée et lui tellement étonné qu'il ne s'est même pas débattu. Je l'ai poussé sur le siège et je me suis assise sur ses genoux pour le bloquer. Avec ses lunettes de travers, il avait l'air totalement ahuri.

— C'est vous ! je lui ai dit.

Il a fait une espèce de grimace, comme s'il avalait un verre de vinaigre.

— Qu'est-ce qui se passe ?

J'ai examiné le pantalon qu'il venait d'ôter. Sur le tissu gris, les taches rouges formaient une pellicule lisse et brillante, comme sur Charlemagne, exactement. En les touchant du doigt j'ai senti que la peinture n'était pas sèche.

— Ces taches rouges, c'est de la peinture ! Et même de la peinture fraîche !

Il a redressé ses lunettes pour me dévisager :

— Qu'est-ce qui te prend ? Ça ne va pas, non ?

— C'est la même peinture que sur la statue ! J'en suis sûre !

— Quelle statue ? il a bredouillé.

— Ne faites pas l'imbécile ! Vous savez très bien de quoi je parle ! La statue de Charlemagne !

Ses mains ont été prises d'un léger tremblement :

— Laisse-moi tranquille ! Je ne sais pas de quoi tu parles !

— Vous vous payez ma tête !?! C'est vous qui avez tagué Charlemagne, monsieur Pomec !

Il a eu un soubresaut de bête prise au collet :

— Absolument pas ! Absolument pas !

J'ai regardé ma montre. Sept heures et demie. À présent, toute ma famille était sûrement au courant que j'avais disparu. L'affolement devait être à son comble. Je n'avais plus rien à perdre.

— Mon oncle travaille au laboratoire d'analyses de la police. Je vais lui montrer ces taches ! Si vous ne voulez pas parler, votre pantalon parlera pour vous !

Sans le faire exprès, j'avais repris presque mot pour mot la menace de Mme Nervos à propos des fautes d'orthographe. Le surveillant a blêmi. Des gouttes de sueur ont perlé sur son front et sur son nez.

— De toute façon, il a crié, ça ne peut pas être moi. Moi, je ne fais pas de fautes d'orthographe !

Tout à coup, quelqu'un a frappé à la porte des W.-C. :

— Qu'est-ce qui se passe là-dedans ? Sortez !

C'était la voix de M. Riquet. Le surveillant s'est mis à trembler :

— Au secours ! Le principal du collège !

J'ai ouvert le verrou. Il y avait un attroupement derrière la porte. M. Riquet était au premier rang. Pour une fois, il ressemblait moins à un gros chat qu'à un tigre prêt à mordre.

— Monsieur Pomec ! Et toi, Lison Deslivres ! Vous pouvez m'expliquer ce que vous étiez en train de fabriquer dans ces W.-C. ?

Derrière M. Riquet, j'ai aperçu mon grand frère, Benjamin. Il était rouge, l'air tout gêné.

— Lison ! Les parents te cherchent partout ! il a répété, comme en écho à M. Riquet.

Je suis sortie des toilettes, la tête haute et le pantalon de Pomec à la main.

— Rien de grave ! Rien dont je puisse avoir à rougir, moi ! Je suis blanche comme neige et je vais le prouver !

M. Riquet a froncé les sourcils.

— Qu'est-ce qu'elle dit ? Je ne comprends rien ! Monsieur Pomec ! Sortez immédiatement et expliquez-vous !

Le surveillant est sorti, la mine décomposée. Là-dessus, la sonnerie a retenti.

— Il faut que j'y aille ! J'ai la cour du primaire à surveiller ! a marmonné le surveillant d'un ton presque suppliant.

Je lui ai barré le chemin.

— Pas question ! M. Riquet a raison : on va s'expliquer ! Et si personne n'y voit d'inconvénient, on va même s'expliquer dans le bureau de Mme Nervos ! Je devais aller la voir de toute façon, on sera juste un peu en avance.

— Mais... mais... a bredouillé M. Riquet.

Je lui ai fait signe d'avancer :

— Après vous, monsieur le principal...

On a traversé la cour à la queue leu leu, M. Riquet, moi en chemise de nuit et Pomec derrière. Tous les élèves du collège nous regardaient, comme des badauds le long d'un défilé. La plupart riaient, discrètement, bien sûr, mais ils riaient. Ils pouvaient rire. Rirait bien qui rirait le dernier. Avant d'entrer, je me suis tournée vers mon frère :

— Benjamin, plutôt que de rester planté là, va dire à papa et maman que je suis retrouvée, que je suis vivante, que tout va bien !

Il m'a glissé à l'oreille :

— Merci ! Tu iras toi-même ! La directrice est folle de rage. Il y a eu de nouvelles inscriptions sur le mur de la cour cette nuit, encore pires ! Elle est venue voir papa. Elle est persuadée que c'est toi...

12
ORAGE EN DÉBUT DE MATINÉE

En montant chez Mme Nervos, après ce que venait de me dire mon frère, j'ai jeté un coup d'œil par la fenêtre, vers la cour de l'école primaire. Benjamin ne m'avait pas menti : deux nouvelles inscriptions, en hautes lettres carrées, s'étalaient sur le grand mur, près de la sortie. J'ai eu le temps de les déchiffrer.

**NERVOS =
VIAYLLE CHOUAITTE
LA DIRLO AU POTTO**

Quand on a débarqué dans son bureau, Mme Nervos était au téléphone. Elle a tout de suite raccroché. M. Riquet s'est avancé. Il avait retrouvé sa mine de gros matou :

— Chère consœur...

— Qu'est-ce que c'est que cette mascarade ? a glapi la directrice.

Elle me regardait des pieds à la tête, de la tête aux pieds, comme si elle voulait me tuer :

— Lison Deslivres ! Enfin te voilà !

M. Riquet se dandinait en frottant ses mains l'une contre l'autre, l'air gêné.

— Eh bien, à vrai dire... J'avoue que je ne comprends pas très bien... J'ai trouvé la petite Deslivres enfermée avec M. Pomec dans les toilettes du collège.

Pomec se tenait collé contre l'embrasure de la porte, comme s'il se préparait à s'enfuir. J'ai reculé et j'ai fermé la porte. Puis j'ai tiré le surveillant par la manche vers la directrice :

— M. Riquet ne comprend pas... Moi, je vais vous expliquer ! Je sais tout ! Madame Nervos, vous avez fait votre petite enquête. J'ai fait la mienne de mon côté. J'ai eu de la chance, j'ai eu du flair, peut-être les deux, en tout cas, j'avoue que je suis assez contente du résultat. Vous vouliez que le coupable se dénonce ? Eh bien, voilà. Allez-y, monsieur Pomec, à vous !

Pomec m'a lancé un regard furibard. Mais il n'a pas prononcé un mot.

— Je ne vois pas le rapport... a dit Mme Nervos, l'air pincé. Qu'est-ce que M. Pomec vient faire là-dedans ?

J'ai posé le pantalon sur le bureau :

— Ce que M. Pomec vient faire là-dedans ? S'il ne

veut pas vous l'expliquer, son pantalon va s'en charger ! Vous voyez ces taches de peinture rouge ? D'où viennent-elles, à votre avis ? Du pinceau dont il s'est servi pour tag... pardon : peinturlurer Charlemagne hier ! Et cette nuit, le grand mur de la cour ! Regardez, c'est encore frais. La peinture n'est même pas sèche !

J'ai promené le pantalon sous le nez de la directrice. Tellement près qu'un peu de peinture rouge a taché le bout de son long nez pointu !

— Non !?! s'est exclamé M. Riquet, stupéfait.

Mme Nervos s'est tournée vers le surveillant :

— C'est vrai ? C'est vous le coupable ?

Pomec a hoché la tête, accablé.

— Mais pourquoi avez-vous fait ça ? s'est exclamée la directrice comme un cri du cœur.

Brusquement, le surveillant s'est redressé et a levé le poing :

— Pourquoi ? Vous me demandez pourquoi ? Moi aussi, je vais vous poser une question, madame Nervos ! Mon vélo, vous l'avez regardé ? Vous savez ce que c'est que mon vélo ? Vingt-huit vitesses, dérailleur à cinq pignons, cale-pieds automatiques, cadre en titane ! Tous les dimanches, je le bichonne et je roule mes cinquante kilomètres avec ! Tous les dimanches, depuis dix ans ! Qu'est-ce que ça peut vous faire, que je l'accroche dans la cour, hein ? Je veux l'avoir sous les yeux, ça vous défrise ? Ça vous empêche de travailler ? Ça vous empêche de dormir ?

M. Riquet a regardé Pomec avec une grimace de dégoût.

— Tout ça pour une histoire de vélo ! C'est absurde !

Pomec a bondi sur Riquet. Il l'a agrippé par le col de sa veste et s'est mis à le secouer comme un prunier :

— Absurde ! C'est vous qui êtes absurde, espèce de gros ramollo ! Je suis sûr que vous ne faites même pas le tour du pâté de maisons sur un tricycle !

— Hep ! Hep ! répétait M. Riquet paniqué.

Mme Nervos s'est interposée :

— S'il vous plaît, messieurs, s'il vous plaît ! On se calme ! On se calme !

Il y a eu un instant de silence. Les deux hommes se regardaient, l'air mauvais. Comme pour changer de sujet, la directrice a demandé :

— Et pourquoi, pourquoi, pourquoi, toutes ces fautes d'orthographe, monsieur Pomec ?

— Pour brouiller les pistes, pardi ! Pour tromper l'ennemi !

Je n'ai pas pu m'empêcher d'observer :

— Il voulait que ce soit les petits qui trinquent ! Qu'ils soient accusés à sa place !

Quand on est sortis, Joachim Binard, Alexandrine Flube et Martial, les autres ex-suspects, attendaient dans le couloir leur fameux entretien-interrogatoire. Ils n'avaient pas l'air très à l'aise dans leurs baskets. Je leur ai fait signe, pouce en l'air, que tout était arrangé.

— Vous pouvez partir, c'est réglé ! Le coupable a avoué ! a annoncé Mme Nervos.

— C'est qui ? m'a demandé Martial quand on s'est un peu éloignés.

J'ai désigné Pomec. On ne voyait que son crâne chauve dépasser de l'embrasure de la porte du bureau de la directrice. Tout à l'heure, il n'était pas pressé d'y entrer. Mais cette fois, il n'avait pas l'air prêt d'en sortir !

Je me suis faufilée dans l'école pour rentrer me changer. Je n'avais pas envie de traverser la cour devant tout le monde une nouvelle fois. Papa et maman se sont jetés sur moi comme si j'étais à la fois morte, ressuscitée... et coupable. Je leur ai raconté ma longue nuit, ou du moins le début. J'ai vite été interrompue par Mme Nervos. Elle a surgi, over-stressée. La secrétaire de l'inspecteur venait d'appeler : sa visite était prévue dans quelques minutes, à 8 heures et demie.

— Le coupable est démasqué ! Votre fille n'y est pour rien, je vous expliquerai ! Je vous présente toutes mes excuses pour les accusations injustes que j'ai proférées ce matin contre Lison... Mais... (elle a désigné du menton le grand mur près de la sortie) ... ces inscriptions sont si affreuses ! Elles m'ont fait si mal ! « Nervos vieille chouette », « la dirlo au poteau », c'est...

Un instant, j'ai cru que la directrice allait pleurer. Mais elle s'est reprise, a essuyé son nez pointu (la tache rouge y était toujours), a pris une grande respiration et a ajouté :

— Pierre ! (Mon père s'appelle Pierre.) Vous avez de la peinture blanche pour peindre par-dessus les graffitis du mur ? Et vous, Nicole, le cache-statue ! Vous l'avez cousu ? Il est fini ? Il faut faire vite, très très vite ! L'inspecteur est toujours à l'heure ! Même en avance, bien souvent !

Tout le monde s'est précipité dans la cour, papa en tête. Armé de son rouleau grande largeur, il n'a pas mis longtemps à recouvrir les tags du grand mur. La peinture rouge se mélangeait au blanc. Ça faisait un rectangle rose bizarre sur le mur. Mais au moins, on ne pouvait plus lire. Pour recouvrir Charlemagne de son « sac », ça a été plus dur. Il a fallu l'escabeau, la grande échelle et l'aide de Willy Cordelisse, le professeur de gymnastique. Papa lançait le tissu d'un côté, le vent le soulevait comme une montgolfière, Willy sautait pour le rattraper et le passait à maman qui tirait dessus comme elle pouvait. Mme Nervos, surexcitée, courait tout autour en criant des ordres désordonnés.

J'ai regardé la scène depuis ma chambre, tout en finissant de m'habiller. Par moments, je ne pouvais pas m'empêcher de rigoler. On aurait dit une troupe de cirque, des équilibristes pas doués en train de répéter un numéro nul. Ils avaient à peine fini quand la voiture de l'inspecteur s'est garée devant la porte...

— Pouquoi y zouent à cache-cache avec Guionald Mac Donald ? m'a demandé mon petit frère.

— C'est pas Ronald Mac Donald, Alfred ! Je te l'ai déjà dit ! C'est Charlemagne !

— Yé qui, Chaguemag' ?

— Quand tu seras grand, je t'expliquerai...

Les millionnaires de la récré

Je m'en souviens comme si j'y étais. C'était vers la fin du mois de novembre, un mardi matin, en classe. M. Dequille, notre maître « bien-aimé » (bof...), nous faisait un cours sur les Vikings quand, soudain, Jacky Paratini a pointé le doigt vers la fenêtre qui donne sur la rue des Cloches :

— Ouaaah ! C'est Noël ! Noël dans la rue !!

Toutes les têtes ont suivi la direction du doigt de Jacky.

M. Dequille écrivait au tableau. Il ne s'est même pas retourné.

— Paratini ! Qu'est-ce qui te prend, encore !

Jacky, c'est le super-énergumène de la classe. Il bouge sans arrêt. Il parle sans arrêt. Il est toujours le premier à dire à haute voix les trucs idiots qu'on pense tout bas et, parfois, des trucs tellement idiots qu'on n'y aurait même pas pensé...

— J'invente pas, m'sieur ! Regardez ! Vrai de vrai !

Il avait raison, Jacky ! À notre hauteur (la classe est au premier étage), de chaque côté de la rue, deux hommes suspendus dans des cabines jaunes installaient une décoration de Noël ! Des Pères Noël, des sapins, des étoiles, des traîneaux, avec plein d'ampoules électriques partout ! M. Dequille a posé sa craie et s'est approché de la fenêtre :

— Ça alors ! Si on m'avait dit que je verrais la rue des Cloches illuminée avant de partir à la retraite !

C'est incroyable ce que M. Dequille aime parler de sa retraite. Il en parle chaque jour et même souvent plusieurs fois dans la journée. J'espère pour lui (et pour nous) qu'il va bientôt y partir, à la retraite, parce que, sinon, à mon avis, il va devenir fou. Et nous, sa retraite, ça nous fera des vacances... Il n'est pas méchant, M. Dequille, remarquez. Mais pas vraiment gentil non plus. Souvent, il dit qu'il va faire une interro et, finalement, il ne la fait pas. Dans ces moments-là, on l'aime bien. Pour les punitions, en revanche, quand il annonce qu'il va en donner une, il n'oublie jamais. On a beau le supplier, trépigner, se rouler par terre : rien à faire. Et, en général, les punitions de M. Dequille sont les plus terribles de l'école, au moins trois ou quatre fois plus longues que celles des autres maîtres. Dans ces cas-là, on le déteste. Il dit tout le temps qu'il est fatigué et que c'est nous qui le fatiguons. Pourtant, il se plaint surtout d'être fatigué le lundi matin, alors qu'il devrait être en pleine forme après le samedi et le dimanche sans nous voir...

Bref, en tout cas, on n'avait jamais eu droit à une aussi belle décoration de Noël rue des Cloches. Les lumières de Noël, d'habitude, à Ysjoncte, il n'y a que les grandes rues du centre-ville, l'avenue de la République ou la place de la Liberté qui y ont droit.

— Si ça se trouve, c'est Mme Nervos qui a fait installer ça ! a lancé Solange, ma meilleure amie, qui aime voir la vie en rose.

M. Dequille a haussé les épaules.

— Mme Nervos ! Vous croyez que la directrice n'a que ça à penser, d'illuminer la rue ? Ça n'a rien à voir avec Mme Nervos ! Qui décide ce genre de choses ? Qui ? Refléchissez un peu ! J'attends une réponse intelligente...

Personne n'a levé le doigt. Même Jean Germain, le premier de la classe, n'avait visiblement pas de réponse intelligente à donner, pour une fois !

— Le maire ! Voyons ! Le maire s'occupe de ce genre de choses ! a fini par s'exclamer M. Dequille. Je sens que je vais donner une interrogation écrite en instruction civique, moi !

— Oh non... Pitié, m'sieur ! ont crié plusieurs voix, un peu partout dans les rangées.

M. Dequille nous a regardés. À mon avis, il faisait

semblant de réfléchir, mais il n'avait pas vraiment envie de la donner, cette interrogation écrite. Malgré tout, on n'était pas très rassurés. Il y a eu un moment de silence.

— Le maire ! Le maire a fait ça pour nous ! Pour nous faire plaisir ! a murmuré avec un sourire émerveillé Hedwige Tarin, la rêveuse, qui a toujours un train de retard.

— Oui, eh bien, ce qui me ferait plaisir à moi, c'est qu'on termine les Vikings avant que ça sonne ! a dit M. Dequille en retournant au tableau.

Il a continué son cours, mais personne n'écoutait vraiment. On regardait tous dans la rue.

— Et nous, quand est-ce qu'on va décorer la classe ? a demandé Solange au bout de trois lignes sur les Vikings.

— L'an dernier, a continué Jacky, avec Mme Chalopin, on avait fait plein de boules de neige en coton, trop génial !

— Et même un Père Noël en pâte à sel ! a dit Paul Colinot.

— Et des faux cadeaux pour faire beau ! a ajouté Marie sans se rendre compte que M. Dequille commençait à s'énerver.

Moi, de là où je suis placée, je le vois de profil. À la manière dont il a remonté ses lunettes et mis ses mains sur ses hanches, j'ai tout de suite repéré que ça allait chauffer...

— Vous avez fini, oui ? Avec moi, on ne décore pas la classe, ou plutôt : on ne la décore *plus* ! Quand vous aurez décoré autant de classes que moi en trente ans d'enseignement, vous comprendrez ! On est ici pour travailler, pas pour s'amuser, compris ?

— Mais on peut travailler en s'amusant, quand même...

Évidemment, c'est Jacky qui a dit ça. Et évidemment, on n'a pas arrangé l'humeur de M. Dequille. Il a même piqué une crise de nerfs. Contre nous, contre Noël, contre les types qui installaient les lumières, contre la terre entière ! Et comme on continuait à regarder dehors, il a fermé les rideaux, si bien qu'on a terminé le cours avec les lumières allumées. Mais ce n'étaient pas les lumières de Noël !

À la récré, la décoration de la rue était complètement installée, ça clignotait de partout. Un spectacle vraiment magnifique. On s'est tous collés aux grilles de la cour pour l'admirer. Les cabines jaunes étaient repliées sur un gros camion. Les deux employés de la mairie rangeaient leurs câbles. Dans ce décor, forcément, on s'est tous mis à parler de Noël et de cadeaux. Pour une fois, Hedwige Tarin était en avance : elle avait déjà fait sa liste. Elle nous a décrit la robe de fée et les perles qu'elle avait commandées. Paul Colinot a raconté que, dans le restaurant de ses parents, Noël serait extraordinaire parce que, cette année, ils fêteraient les quatre-vingts ans de sa grand-mère. Jacky Paratini l'a coupé pour dire qu'il voulait un jeu d'ordinateur avec des insectes envahisseurs. Et Joachim Binard a coupé Jacky pour expliquer qu'il allait avoir une panoplie de chevalier supersonique afin de pouvoir buter tous ceux qui l'embêteraient...

On en était là quand la directrice a ouvert la porte du préau. On s'est tus. Avec Mme Nervos, on se méfie. Elle est sévère. Parfois elle se met dans des colères terribles, encore plus terribles que les colères de mon grand-père. Fernand Moubel marchait derrière elle, sa casquette rabattue sur les oreilles et son écharpe remontée jusqu'au nez. Il portait un long paquet et un carton d'emballage. Fernand, c'est le surveillant. On l'aime bien. Surtout depuis qu'il a été absent et qu'on a eu un remplaçant dix fois pire que lui. Avant, il était presque complètement sourd. On pouvait lui chanter sous le nez *Moubel à la poubelle* (une chanson qu'on a inventée), il n'entendait rien. Depuis cet été, il s'est fait opérer les oreilles. Apparemment, ça a marché : l'autre jour, Jacky a chanté *Moubel à la poubelle*... alors que Fernand était au bout du couloir, eh bien, Jacky s'est pris deux heures de colle avant même la fin du premier couplet !

À l'angle du préau et des W.-C., Mme Nervos s'est tournée vers Fernand :

— On s'installe ici !

— Qu'est-ce qu'elle fait ? m'a murmuré Solange à l'oreille.

— Je te parie qu'elle va installer ses vieilles décorations de Noël ! Elle a dû avoir l'idée en voyant la rue tout illuminée...

Fernand a commencé à défaire le long paquet. Mme Nervos, pendant ce temps, sortait du carton des guirlandes qu'elle a secouées comme maman quand elle secoue son chiffon par la fenêtre. D'ailleurs, il en est sorti un nuage de poussière tout à fait pareil...

— Vous remettez le même sapin que l'an dernier ? a demandé une voix de fille. (Il m'a semblé reconnaître la voix de Chloé Jambier.)

Mme Nervos a levé son nez pointu derrière son paquet de guirlandes :

— Qui a dit ça ? Ça ne vous plaît pas d'avoir un sapin à l'école ? Je ne suis pas obligée de l'installer, vous savez ! Je peux le remettre au grenier !

Tout le monde a regardé le sapin blanc-gris pelé comme si c'était une splendeur.

— Si, si, ça nous plaît, ça nous plaît, m'dame, ça nous plaît !

On est remontés en classe avant que Mme Nervos et Fernand aient terminé. De toute façon, on connaissait.

Surtout moi. Depuis que je vis à l'école des Cloches, la décoration de Noël est la même chaque année. Au fait, j'ai oublié de le dire : l'école des Cloches, j'y habite, dans une petite maison près de l'entrée, avec mes parents et mes deux frères, parce que ma mère en est la gardienne.

2
FAITES VOS LISTES

En rentrant le soir à la maison, j'ai tout de suite commencé à réfléchir à ma liste de cadeaux. J'avais plein d'idées, bien sûr, mais l'une d'elles me plaisait particulièrement : un micro spécial qui se branche sur la radio pour pouvoir chanter en karaoké. Une seule chose m'inquiétait : je n'étais pas sûre que ça plairait à mes parents. J'étais même presque sûre du contraire : depuis que notre télé est cassée, ils trouvent que j'écoute trop la radio. Ils ne comprennent pas que j'adore apprendre les chansons par cœur. Papa dit que je ferais mieux d'apprendre mes leçons. Passons...

Quand la nuit est tombée, Alfred, mon petit frère, a été le premier à s'apercevoir que les lumières de la rue clignotaient aussi chez nous.

— Maman ! Maman ! il a crié. Ziens voir ! Le Pè Noël i va arriver !

Je suis sortie de ma chambre. Le salon s'allumait, s'éteignait, s'allumait, s'éteignait, comme la vitrine d'un magasin de jouets...

— Calme-toi, Alfred ! a dit maman. Le Père Noël ne vient que dans quatre semaines ! Espérons que d'ici là ces lumières s'éteindront de temps en temps, sinon on va avoir les yeux comme des gyrophares dans cette maison !

Au dîner, ça clignotait toujours. (Pauvre maman ! Elle ne se doutait pas que ça allait clignoter comme ça jusqu'aux premiers jours de janvier, sauf entre minuit et six heures du matin, mais à cette heure-là, nos yeux sont fermés...) Je regardais l'ombre clignotante de mon boudin sur ma purée, quand Benjamin, mon grand frère, a lâché :

— Pour Noël, est-ce que je pourrai avoir le Super-Jet-XV-765-à-triple-turboréacteur ? (Benjamin collectionne les maquettes d'avions.)

Maman a aussitôt regardé mon grand frère en faisant les gros yeux :

— Tu veux dire, le commander au Père Noël, Benjamin ?

Mon petit frère croit encore au Père Noël. Il ne faut pas casser son rêve. Mais ça n'a pas eu l'air de le casser. Il n'a même pas laissé à maman le temps d'insister plus longtemps sur le Père Noël. Il s'est mis à gesticuler en criant :

— Moi aussi veux piein piein cadeaux ! Miiards de miions cadeaux, pou moi !

Du coup, j'en ai profité pour lancer ma petite idée :

— Et moi, je voudrais un micro spécial pour chan...

Mais papa nous a tous coupé la parole :

— On verra ! Ce n'est pas parce que la rue est illuminée qu'on va aussitôt courir dévaliser les magasins ! Et puis d'abord, maman et moi, on attend aussi un cadeau de votre part, les enfants : de bons résultats scolaires... N'est-ce pas, Lison ?

En disant ces derniers mots, papa m'a fixée avec son sourcil que je déteste, son sourcil en accent circonflexe.

— Moi, je suis dans les trois meilleurs de ma classe ce trimestre ! a annoncé mon grand frère, histoire de bien montrer que le sourcil de papa n'était pas pour lui.

Évidemment, lui, il a toujours bien travaillé. Les mauvaises notes, il ne sait pas ce que c'est. Cette année, depuis qu'il est au collège, il travaille encore mieux qu'avant. Ça me casse le moral.

— Moi aussi cravaille crès crès bien ! a enchaîné mon petit frère qui est encore en maternelle.

Maman s'est penchée vers moi :

— Et toi, Lison, comment s'annonce ton bulletin ?

— Ben... Euh...

Brusquement, j'avais envie de changer de sujet...

Mon travail scolaire... Il n'a pas fallu longtemps pour que le sujet revienne sur le tapis, malheureusement ! La semaine d'après, M. Dequille nous a distribué les bulletins.
— Deslivres Lison...
Comme je suis au début de la rangée, c'est moi qui l'ai eu en premier. Depuis la rentrée, je savais bien que mes résultats n'étaient pas terribles. Mais quand les notes tombent l'une après l'autre, espacées de plusieurs jours, parfois d'une semaine ou deux, ça ne fait pas le même effet que de les voir toutes alignées. Un peu comme les perles d'Hedwige Tarin. Une perle par-ci, une perle par-là, ça ne ressemble pas à grand-chose. Mais quand elles sont bout à bout, ça fait un collier. En voyant mes notes écrites noir sur blanc, j'ai eu un choc : 0 puis 1 puis 0 en dictée (moi qui m'imaginais que je commençais à remonter quand j'ai

eu 1...), 5 puis 3 puis 0 en mathématiques (là, c'est plus simple, je n'ai fait que descendre...), quel affreux collier ! Et l'appréciation marquée en dessous, de la haute écriture pointue de M. Dequille, n'arrangeait vraiment pas les choses :

« Lison ne fait même pas
le strict minimum. »

Pour ce Noël, il ne m'avait pas fait le strict minimum de cadeaux, lui non plus ! Jean Germain, qui est assis à côté de moi, regardait mon bulletin en biais, l'air dégoûté, comme si c'était une crotte de chien. Quand M. Dequille lui a donné le sien, il a retrouvé le sourire. Lui, il n'avait pas de souci à se faire, son appréciation était la même que sur tous les bulletins précédents :

« Excellent travail. »

J'aurais tant aimé échanger, rapporter à la maison un bon bulletin et commander mon micro-karaoké, tranquille ! M. Dequille est passé à côté de moi. J'ai pris mon air le plus triste possible, genre la fille qui va pleurer. Mais je crois qu'il ne l'a pas remarqué. Ou du moins, il a fait semblant. Il s'est avancé jusqu'au deuxième rang.

— Pistalou Martial... Ça ne s'arrange pas !

Martial est mon meilleur copain. On est presque toujours d'accord tous les deux, surtout pour rigoler. Mais ce matin-là, en regardant son bulletin, il n'avait pas tellement l'air d'avoir envie de rigoler, le pauvre Martial ! Quand la cloche a sonné, il est venu vers moi, son bulletin entre les mains, l'air catastrophé :

— Regarde ! Je comprends même pas ce que le maître a mis sur mon bulletin...

J'ai lu la haute écriture pointue :

« Martial pourrait réussir.
Encore faudrait-il qu'il le veuille. »

— Ça veut dire quoi, d'après toi ?

J'avoue que je ne comprenais pas très bien moi non plus. Je suis restée un moment à examiner les notes de Martial. En dictée, elles étaient aussi mauvaises que les miennes. En calcul, un peu moins, parce qu'à force d'aider son père à l'épicerie (son père tient l'Épicerie du Coin, au coin de la rue des Vignes et de la place de la Liberté), Martial est devenu bon en opérations...

Jean Germain a pointé son nez de fouine derrière ses lunettes :

— Qu'est-ce que vous faites ?

Comme Jean est un cafteur de première, je n'aime pas trop qu'il vienne se mêler de nos affaires. J'ai eu le réflexe de cacher le bulletin de Martial sous mes cahiers.

— Non, montre-lui, Lison ! m'a ordonné Martial. Peut-être que lui, il comprendra ce que ça veut dire : « Encore faudrait-il qu'il le veuille » !

Jean s'est penché sur le bulletin de Martial comme un garagiste sur un moteur qui fume.

— Tu ne sais même pas reconnaître le subjonctif du verbe vouloir ? Ça veut dire que si tu voulais, tu pourrais travailler très bien...

Martial a haussé les épaules :

— Il est marrant, M. Dequille ! Et si j'arrive pas à vouloir ?

— Ça, c'est ton problème ! a soufflé Jean Germain avec son petit air supérieur.

Martial a repris son bulletin en haussant les épaules.

— Pfff, je m'en fiche pas mal de toute manière : j'attendrai que Noël soit passé pour le montrer à mon père...

Pour ça, ils ont de la chance, les copains. Ils peuvent attendre, cacher leur bulletin au fond de leur cartable et l'oublier. Ils peuvent même le faire disparaître à jamais dans le caniveau, la poubelle ou la cheminée. Martial a déjà fait ça, un jour où son bulletin était encore plus mauvais que celui-ci et où il avait peur que son père lui reprenne le vélo qu'il venait de lui offrir. Chez moi, ce genre de chose est impossible. À l'école, en plus de son travail de gardienne, maman aide au secrétariat : pour mon plus grand malheur, c'est elle qui est chargée de recopier les notes sur les bulletins ! Parfois, elle le fait la veille du jour où on nous les distribue. Dans ces cas-là, c'est affreux : je me fais gronder à la maison avant de me faire gronder en classe ! Cette fois-ci, maman ne m'avait rien dit. Elle avait dû copier ce matin même ce bulletin maudit. Un des plus mauvais de ma carrière. Il allait falloir être à la hauteur pour gérer la crise qui ne manquerait pas d'éclater.

J'ai décidé de prendre les devants. À quatre heures et demie, au lieu de rentrer, j'ai filé à la bibliothèque. Je me suis installée derrière un pilier près de la fenêtre du fond et j'ai guetté la cour jusqu'au moment où j'ai vu papa rentrer. Aussitôt je me suis précipitée à la maison. Je voulais parler à mes parents avant qu'ils me parlent, avant même qu'ils se parlent entre eux. Je me suis glissée dans la cuisine juste derrière papa et j'ai fermé la porte.

— Papa, maman, je sais ! Mon bulletin est affreux, je sais ! Mais écoutez-moi : j'ai décidé de faire un effort. Jamais plus je n'aurai un aussi mauvais bulletin, c'était la dernière fois !

La tête de maman ressemblait presque à la pomme de terre qu'elle épluchait.

— Le fait est, il est affreux, ton bulletin, Lison ! Ce

matin, en recopiant tes notes, j'avais honte, honte, tu m'entends ?

Papa s'est laissé tomber sur un tabouret.

— Je peux le voir ?

J'aurais préféré éviter d'avoir à le sortir, là, sur-le-champ et sur la table de la cuisine. Mais je ne voyais pas comment refuser. J'ai donc ouvert mon cartable. Papa a pris le bulletin et s'est mis à le regarder fixement, de haut en bas, de bas en haut, encore et encore. Ça m'a paru interminable. Je me demandais s'il était en train d'additionner mes notes ou de les soustraire ou de les multiplier et, de toute façon, je ne voyais pas comment ça pouvait lui prendre autant de temps. (Mon père est comptable, il compte toute la journée des nombres immenses. Vu mes notes, ça aurait dû aller très très vite...) Il ne semblait pas savoir quoi dire. D'ailleurs, c'est exactement ce qu'il a dit :

— Je... je ne sais pas quoi dire...

— Je te jure, je vais faire un effort, papa !

— Tu as déjà juré dix fois que tu allais faire un effort, Lison ! a gémi maman.

— Oui, mais cette fois-ci, je dis la vérité !

Papa a levé le nez de mon bulletin pour me regarder dans les yeux.

— Donc, les autres fois, tu mentais ?

— N... non... Mais disons que là c'est pas pareil... Je... je vais travailler !

Papa m'a rendu mon bulletin.

— Mmmhhh... Lison, si tu continues comme ça, laisse-moi te dire que pour les cadeaux de Noël, tu es mal partie !

Je suis remontée dans ma chambre sans faire de bruit. J'ai pris mon cahier de textes pour regarder les devoirs à faire pour le lundi : « revoir les verbes "apprendre" et "comprendre"... » Aïe aïe aïe ! Pour les re-voir, il faudrait déjà les avoir vus...

J'ai ouvert mon livre de grammaire, histoire de regarder toutes ces conjugaisons que je devais donc voir et revoir... Devant l'ampleur du travail, j'étais en train de me dire que j'allais peut-être attendre les vacances de Noël pour m'y mettre quand Benjamin est entré dans la chambre en portant un paquet-cadeau. Chez nous, il y a deux chambres pour trois enfants, alors on change, ça dépend des moments. Quelquefois, mes frères se mettent ensemble, mais rarement, hélas. La plupart du temps, c'est moi qui bouge. Quand l'un m'énerve trop, je passe dans la chambre de l'autre et vice versa. Ce jour-là, comme Alfred jouait du tambour, je m'étais installée chez Benjamin pour travailler, ou du moins essayer...

Quand il m'a vue, Benjamin a voulu cacher le paquet derrière son dos, mais il était trop gros, ça dépassait.

— Qu'est-ce que c'est ?

— Tu vois pas ? C'est un cadeau !

— Les parents t'ont déjà donné ton avion ?

— Mais non, voyons, ce cadeau-là, je l'ai acheté, moi !

— Toi, tu as acheté un cadeau ? Mais pour qui ?

Un court instant, je me suis demandé si le cadeau avait une chance d'être pour moi...

— Pour maman et papa !

— Tu donnes des cadeaux à maman et papa, toi, maintenant ?

— Quoi ! J'ai pas le droit ?

— Tu fais ton chouchou pour avoir ton avion ! Tu leur offres un gros cadeau pour qu'ils t'en offrent un encore plus gros, hein ?

— Pas du tout ! J'ai décidé de leur offrir un cadeau et je préfère m'y prendre à l'avance, avant qu'il n'y ait plus rien dans les magasins, tout simplement ! Et puis dis donc, je n'ai pas besoin d'une naine dans ma chambre ! Et encore moins d'une naine-espionne !

4
SERVICES MAL COMPRIS

Je suis allée m'installer dans l'autre chambre, avec Alfred. Toute la nuit, cette histoire de cadeaux m'a tourné dans la tête. Je n'arrêtais pas de voir les mêmes images : les magasins vides, vidés par Benjamin. Avec sa tirelire pleine (les parents donnent des sous quand on a des bonnes notes, mais moi, ces sous-là, je n'en vois jamais la couleur...), il achetait des cadeaux à tout le monde ! Et le jour de Noël, je n'avais ni mon micro-karaoké ni aucun cadeau à donner ! Afin de chasser ces idées noires, je me suis forcée à réfléchir aux cadeaux que j'aimerais offrir à chaque personne de la famille. J'en ai trouvé des tas.

Pour papa, un tournevis – l'autre jour, il a cherché le sien pendant une heure – ou des hameçons (mon père pêche presque chaque dimanche, c'est sa passion ; hélas, je hais le poisson, mais l'essentiel est que papa s'amuse, n'est-ce pas ?).

Pour maman, un sablier – chaque fois, ses œufs coque sont durs – ou le même rouge à lèvres que la mère de Solange (l'autre jour, maman lui a demandé où elle l'avait acheté et je suis sûre qu'elle a oublié, pas moi !).

Pour Benjamin, une gomme – il vient tout le temps me piquer la mienne – ou du gel pour ses cheveux (avec sa manie de se coiffer, il vide les pots de gel plus vite que les pots de confiture du petit déjeuner).

Pour Alfred, pas de problème : n'importe quel bonbon, chewing-gum, guimauve, réglisse ou sucette ferait l'affaire, il adore tout ce qui est sucré, et maman n'en achète presque jamais.

Réfléchir à tous ces cadeaux me donnait autant de plaisir que l'idée d'avoir mon micro-karaoké. Si les magasins avaient été ouverts, j'aurais pu y foncer illico... Mais il y avait un hic : le budget. Je ne savais plus exactement combien il restait dans ma tirelire, mais ça ne devait pas être grand-chose. Ma tirelire, c'est un peu comme mes bulletins : quand j'y pense, de loin, j'imagine que je vais avoir une bonne surprise et quand je les ai sous mon nez : déception ! À minuit passé, à la lueur de la lune (avec ma veine, les lumières de la rue venaient de s'arrêter de clignoter !), je me suis levée tout doucement pour vérifier le contenu de ma tirelire. Je ne risquais pas de réveiller mon petit frère avec le tintement de mes pièces : je n'en avais qu'une, de 10 centimes !

J'ai jeté un coup d'œil au calendrier punaisé au mur. Demain, samedi 16 décembre. Noël dans moins de dix jours. « Si tu veux avoir une chance d'obtenir ton micro-karaoké et si tu espères en plus récupérer des sous pour acheter des cadeaux, tu as intérêt à te secouer, Lison ! » Voilà ce que je me suis dit. Mais que faire ? J'ai commencé à chercher une solution. Comme par hasard, c'est à ce moment-là que je me suis endormie...

Mon esprit a dû travailler quand même pendant que je dormais parce qu'en ouvrant l'œil le lendemain matin, j'avais une idée : puisqu'on était samedi, j'allais apporter le petit déjeuner au lit à mes parents ! Voilà qui pouvait faire remonter ma cote, et peut-être mon budget !

Je suis descendue, contente de ma trouvaille. Malheureusement, papa prenait déjà son petit déjeuner dans la cuisine. Je l'ai embrassé en essayant de ne pas avoir l'air trop déçue.

— Bonjour, papounet !

— Bonjour, Lison.

Il finissait de nouer sa cravate pendant que le café passait dans la cafetière.

— Qu'est-ce que tu vas faire aujourd'hui, papounet chéri ?

Il m'a regardée bizarrement.

— Je vais au bureau...

— Mais on est samedi !

— Oui, mais j'ai des bilans à finir.

— J'aimerais bien t'aider !

Il m'a regardée encore plus bizarrement.

— Excuse-moi, Lison, mais vu tes notes en mathématiques, je ne crois pas que tu puisses beaucoup m'aider...

— Et si je lavais la voiture, pendant ce temps-là ?

— Lison, je la prends pour aller travailler, la voiture !

Zut ! En voyant papa verser le café dans sa tasse, j'ai eu une nouvelle idée. J'ai pris un plateau, un bol, une cuiller...

— Qu'est-ce que tu fais ? m'a demandé papa.

— Je vais porter le petit déjeuner au lit à maman !

— Tu es gentille, ma chérie, mais je lui ai déjà apporté !

Zut de zut ! Je me suis assise et j'ai regardé tristement la pluie rouler sur les carreaux de la cuisine.

— Tu ne sais pas quoi faire, tu t'ennuies ? m'a dit papa au bout d'un moment.

— Ben... Non... Enfin... Si, un peu...

— Tu veux que je te donne quelques opérations à

faire, pour t'entraîner ? On les corrigera ensemble, ce soir, quand je rentrerai...

Quelle horreur ! Je me suis levée comme un ressort.

— Non, pas la peine, papa ! M. Dequille nous en a déjà donné, des opérations, plein, plein...

J'ai quitté la cuisine en crabe. Maman descendait l'escalier avec le plateau de son petit déjeuner. J'ai réussi à lui sourire.

— Bonjour, Mamounette chérie.

— Bonjour, ma Lisonnette chérie.

Elle m'a embrassée comme si elle avait oublié mon bulletin. Ça m'a redonné du courage.

— Mamounette, j'aimerais bien te rendre service, aujourd'hui. Qu'est-ce que je pourrais faire pour t'aider ? Et si je cirais les chaussures ? Toutes les chaussures de la maison ?

Maman a hoché la tête.

— Oh non, Lison. Tu vas te salir, je préfère le faire moi-même !

— Et si... et si... je rangeais ta boîte de couture !

J'ai lancé ça un peu au hasard. Quand j'étais petite, un jour, je m'étais amusée à ranger la boîte de couture de maman et elle avait eu l'air contente. Mais ce matin, ce n'était pas le cas...

— Je... je l'ai rangée il y a peu de temps... Elle est bien en ordre, pour l'instant. Mais dis-moi, pourquoi veux-tu m'aider, brusquement, Lison ?

— Comme ça... pour être gentille... Pour...
— Parce qu'on approche de Noël ?
— Pas uniquement ! Pour te faire plaisir, aussi...

Maman m'a passé la main dans les cheveux. À mon avis, elle devinait les idées qui se promenaient dans ma tête...

— Écoute, si tu veux m'aider, il y a quelque chose que tu peux faire...

J'ai senti mon cœur faire un bond de joie dans ma poitrine.

— Quoi ?
— M'aider à éplucher les haricots du jardin de Mémé pour les mettre en conserve.

Ploc. Mon cœur est retombé à plat. Éplucher les haricots, vraiment, je déteste. Je ne connais rien de plus long, de plus ennuyeux, ça n'avance pas, plus on en épluche, plus il y en a à éplucher, on dirait que ça ne finira jamais...

— Il y a encore des haricots de Mémé, en décembre ?
— Eh oui, justement, ce sont les haricots tardifs, les derniers. Mémé en a planté deux cents pieds, comme ça, on en a pour tout l'hiver !

En avoir tout l'hiver à manger, passe encore ! J'aime moins les haricots que les frites, évidemment, mais je les préfère quand même aux endives ou au chou-fleur. Mais ça représente combien d'heures d'épluchage ?

Voilà la question que je me suis posée quand j'ai vu maman sortir du cellier avec une pile de six cageots débordant de haricots.

J'avais décidé de remonter ma cote. Pour arriver à éplucher six cageots de haricots, je devais le faire sans flancher. J'ai donc attaqué courageusement. Un cageot, un deuxième cageot. Dit comme ça, ça va vite. À faire, c'est l'enfer. Au bout de cinq minutes, j'en avais déjà marre, et deux heures plus tard, j'y étais encore... À un moment, comme maman était sortie de la cuisine, j'ai voulu accélérer. J'ai pris quelques poignées de haricots dans le cageot et je les ai mis directement dans la bassine, avec ceux déjà épluchés. J'étais en train de les cacher en dessous quand maman est arrivée.

— Qu'est-ce que tu fais ?

— Euh... j'épluche... j'épluche les haricots, pardi !

Maman a plongé la main dans la bassine. Le sort était contre moi. Elle a pioché pile dans ceux que j'avais cachés. Elle en a regardé un, puis deux, puis trois. Ils avaient leurs bouts, leurs fils, tout...

— C'est comme ça que tu épluches les haricots, Lison ?

J'ai essayé d'avoir l'air de rien.

— Bizarre... je n'ai pas dû le voir, celui-là.

— Tu te paies ma tête ! Tu dis que tu veux m'aider. Je compte sur toi et tu fais n'importe quoi derrière mon dos... Allez, ouste, sors de cette cuisine !

BLAGUES 5 IMPAYABLES

Décidément, ça allait mal. Ma séance d'épluchage bâclé m'éloignait du but au lieu de m'en rapprocher. J'ai fait un tour dans les chambres. Alfred dormait encore. Pour changer, Benjamin travaillait. Décourageant. J'ai décidé d'aller chez Martial. J'adore aller chez lui, à l'épicerie. Son père nous laisse faire tout ce qu'on veut, ou presque, du moment qu'on ne dérange pas les clients. Quand je suis arrivée, M. Pistalou était monté sur un escabeau pour accrocher des branches de sapin au-dessus de son store rouge et blanc.

— Bonjour, Lisongue ! Alors, toi aussi, tu prépares Noël, petite ?

(M. Pistalou est de Marseille. Pour dire « Lison », il dit « Lisongue »...)

Je n'allais pas lui raconter ma vie. J'ai juste répondu « oui ». Il m'a regardée en plissant ses gros yeux noirs :

— Ouh ! Il est bien timide, ce « oui » ! Quelque chose te chagrine, Lisongue ?

Leïla, la vendeuse, est sortie sur le pas de la porte :

— Alors, tu as demandé plein de choses au Père Noël, ma gazelle ?

Décidément, ils s'étaient donné le mot pour me cuisiner avec Noël, ces deux-là ! J'ai marmonné un deuxième « oui » encore plus rapide que le premier et j'ai aussitôt enchaîné :

— Martial est là ?

— Il doit être dans la réserve. Tu connais le chemin ?

— Oui, oui.

Il y était, assis par terre au milieu des caisses, des cartons, des boîtes, des bouteilles, un carnet dans une main, un crayon dans l'autre et des papiers de chewing-gum tout autour. Il m'a accueillie avec un sourire large comme une feuille de bananier.

— Salut, Lison, ça va ?

— Non, ça va pas ! J'en ai trop marre !

Martial a ouvert un nouveau chewing-gum, puis il a lu ce qui était écrit à l'intérieur du papier et il est parti d'un fou rire.

— Moi, je me marre trop ! On a reçu la livraison de chewing-gums : il y a des nouvelles blagues géniales. Tiens, écoute ça : « *Un homme demande à son médecin : dites, docteur...* »

Martial a la passion des blagues. Il y a des gens qui font collection de petits soldats ou de porte-clés, lui, il fait collection de blagues. Il en trouve partout : dans les chewing-gums, bien sûr, mais aussi dans les journaux, à la télé, à la radio. Quand elles lui plaisent, il les copie dans des carnets. Un jour, il me les a montrés : il en a dix-sept. Il dit que ces carnets sont ses trésors les plus précieux et que dès qu'il a des ennuis, il lui suffit de se plonger dedans pour tout oublier. Souvent, ses blagues me font rire, moi aussi, mais ce jour-là, voir Martial se gondoler sous mon nez me donnait envie de cogner sur le sien...

— Je trouve pas ça drôle, Martial ! À cause de mon bulletin, je ne vais pas avoir de cadeau de Noël, tu te rends compte ?

— Pfff... qu'est-ce que ça peut faire ? Moi, j'ai demandé un baby-foot, mon père veut m'offrir des boules de pétanque alors que je déteste la pétanque ! Les cadeaux, on s'en fiche du moment qu'on rigole...

— J'ai pas envie de rigoler, je te dis ! En plus, j'ai voulu aider ma mère à éplucher les haricots pour me rattraper, ça a été pire que tout. Maintenant, elle est encore plus en colère...

— Ta mère est en colère ? Raconte-lui une bonne blague, ça la remettra de bonne humeur ! Tiens, en voilà une, écoute ça... « *Un soldat se gratte la tête sans enlever son casque, l'adjudant lui demande...* »

Je n'ai pas su ce que l'adjudant avait demandé au soldat parce qu'au même moment la voix de Leïla a coupé Martial :

— Lison ! Lison ! Ta maman n'est pas contente, elle vient de téléphoner ! Chez toi, ils sont en train de déjeuner ! Il paraît que tu es partie sans dire où tu allais ! Rentre vite, ma gazelle !

Inutile de dire que ce samedi-là j'ai eu droit au déjeuner « à la grimace », comme dit Mémé. J'ai passé le reste du week-end dans ma chambre comme un lapin dans son terrier quand il gèle. J'étais tellement déprimée que je n'ai même pas eu envie de chanter avec la radio. À force de m'ennuyer, j'ai fini par apprendre mes conjugaisons. Il faut croire que j'y suis allergique parce que, au fur et à mesure que j'essayais de les retenir, elles m'échappaient, comme des papillons qui s'envolent dès qu'on s'en approche.

Le dimanche soir, quand je suis descendue pour dîner, papa et maman se sont regardés d'une drôle de façon. Dans la rue, les lumières de Noël clignotaient et dans ma tête aussi un genre de clignotant s'est allumé, comme pour me signaler : « Attention, Lison, danger ! »

Vu la tête que faisait papa, grise mine et sourcils froncés, je me suis doutée que maman lui avait raconté le coup des haricots. Ça ne m'a pas mise en confiance...

— Alors, Lison, tu as travaillé ? Qu'est-ce que tu

as comme devoirs ? m'a demandé papa avant même que je m'installe devant mon assiette.

J'aurais voulu avoir l'air sûre de moi, mais c'était tout le contraire. Ma voix s'est mise à trembler comme si je n'avais rien fichu, pour une fois que j'avais vaguement révisé...

— Euh... je devais revoir les conjugaisons des verbes « apprendre » et « comprendre »...

— Trop facile ! n'a pas pu se retenir de commenter Benjamin, avec son abominable sourire de bon élève.

— Tu veux nous conjuguer le verbe : « apprendre » au passé simple, s'il te plaît ? m'a demandé maman.

À voir tous les yeux de la famille braqués sur moi, je me suis totalement effondrée. Les verbes n'étaient plus des papillons mais des fusées, qui s'éloignaient à toute allure, filant au loin dans un nuage de fumée. Passé simple, passé composé, passé antérieur, imparfait, je ne savais plus rien, je mélangeais tout, je répondais n'importe quoi, Benjamin riait, papa pianotait sur la nappe, maman soupirait comme si elle avait envie de pleurer, bref, la situation était pire que si je n'avais rien appris du tout !

— Tu prétends que tu as « appris » quelque chose du verbe « apprendre », que tu as « compris » quelque chose au verbe « comprendre » ? Tu te moques de nous ? s'est écrié papa. Dès que tu as terminé ton dîner, tu montes les apprendre pour de bon !

— Rendez-vous demain matin au petit déjeuner pour les réciter. Et crois-moi, tu as intérêt à les savoir, au rasoir ! a ajouté maman d'un ton sec, vraiment sec, un ton qu'elle utilise rarement, ce qui le rend très impressionnant.

— Y é quoi : « rau rasoir » ? a demandé Alfred.

— Au rasoir ! Ça veut dire que Lison doit connaître ses verbes à la perfection, qu'elle doit pouvoir les réciter sans se tromper une seule fois ! a martelé papa.

Merci, j'avais compris.

— Yé à la guiande l'école, Lison ? s'est inquiété Alfred. (Lui, malgré mes mises en garde, il passe son temps à répéter qu'il veut aller à la « guiande l'école ».)

— Exactement ! a dit maman d'un ton à peine moins sec qu'avant.

La suite de la conversation, je ne l'ai pas entendue : j'ai préféré monter sans tarder, vu le travail qui m'attendait. Je me suis usé les yeux sur « apprendre » et « comprendre » jusqu'à ce que les lumières de la rue finissent de clignoter, jusqu'à ce que mon cerveau devienne comme un vieux chewing-gum, jusqu'à ce que je n'aie plus qu'une idée : aller me coucher. Et même là, je n'ai pas eu la paix. J'ai fait un affreux cauchemar : mon micro-karaoké se fracassait en mille miettes en tombant du haut d'une falaise...

Le lundi matin, j'étais presque contente que l'école recommence. D'abord parce que ça ne pouvait pas être pire que ce week-end de malheur. Et puis, pour une fois, je savais mes verbes « au rasoir ». J'étais tranquillement dans la cour, en train d'imaginer l'impression que ça faisait d'être une bonne élève, quand Martial est arrivé, son carnet de blagues à la main.

— Ça va mieux, t'as fini de faire la tête ?

— Et toi, t'as fini de rire quand il n'y a pas de quoi ?

J'ai tourné les talons. Il m'a rattrapée par la capuche de mon blouson. Il avait son sourire en forme de feuille de bananier.

— Attends, Lison... J'ai une blague tellement drôle, je te jure, tu pourras pas résister. Tu veux que je te la raconte ?

— Nan !

Il a pris ma tête entre ses mains pour m'obliger à l'écouter.

— *« Quel est l'animal qui a six pattes et qui marche sur la tête ? »*

Je n'ai pas pu m'empêcher de réfléchir. J'ai cherché, cherché... Je ne voyais pas.

— *« Un pou ! »*

Je n'ai pas pu non plus m'empêcher d'éclater de rire. Martial se tapait sur les cuisses :

— Je te l'avais dit, je te l'avais dit que tu rigolerais !

Paul Colinot s'est approché en mangeant un sandwich au saucisson. (Paul a toujours faim. Ses parents tiennent un restaurant. Chaque matin, à la récré, il mange un sandwich au pâté-saucisson-jambon. Il dit qu'il préfère la charcuterie au chocolat et que comme ça, au moins, personne ne lui demande un morceau de son sandwich.)

— Pchourquoi vous rigolez comme cha ?

Martial, tout fier, a brandi son carnet :

— J'ai des nouvelles blagues géniales !

Paul a tendu sa main libre :

— Montchre !

Martial a reculé de trois pas :

— Non, je le prête pas ! La dernière fois, j'ai laissé tout le monde regarder mon carnet n° 16, résultat : il est plein de traces de doigts, il y a même une page arrachée, alors merci ! Moi, je passe pas des heures à recopier mes blagues pour que mon carnet soit cochonné en cinq minutes !

— Tchu m'en racontes une, alors ? a demandé Paul, en enlevant un petit bout de gras qui s'était coincé entre ses dents.

Martial a fait semblant d'hésiter, mais je sais bien qu'il était flatté. Je le connais : il adore remporter son petit succès avec ses blagues. Il a tourné les pages de son carnet, puis il a regardé Paul bien en face.

— Bon... si tu veux... Une devinette ! Tu es prêt ?

« *Pourquoi est-ce que Robin des Bois volait toujours les riches ?* »... Tu sais ?

— Euch... Non... Che vois pchas... a crachouillé Paul.

— « *Parce que les pauvres ont pas d'argent !* » Hé, pomme à l'eau ! a répondu Martial en lui donnant une tape dans le dos.

Paul a manqué de s'étouffer tellement il riait. Solange et Marie, qui jouaient à l'élastique, sont arrivées :

— Qu'est-ce qu'il y a ? Qu'est-ce qu'il y a ?

— Ch'est Marchial ! a gloussé Paul. Il a pchlein de nouvelles blagues schuper !

— Vous voulez que je vous en raconte une autre ? a proposé Martial aussitôt.

— Oh oui ! Oh oui !

— Écoutez ça : « *Une paysanne dit à son mari : – Demain, c'est l'anniversaire de nos trente ans de mariage... Et si on tuait le cochon, pour l'occasion ?* »

— Quelle horreur ! a pleurniché Marie qui adore les animaux.

— Arrête ! C'est pour rire ! a dit Solange en lui balançant un coup de coude.

Martial les a regardées comme un professeur qui en a assez que les élèves bavardent pendant son cours...

— Vous écoutez ou pas ? Sinon, moi je raconte pas la fin !

— On écoute, on écoute !

— « *Le paysan répond à sa femme : – Pourquoi donc qu'on tuerait le cochon, Germaine, il y est pour rien !* »

En nous voyant nous tordre de rire, Jacky et Joachim ont arrêté leur partie de billes pour venir voir ce qui se passait.

— Une autre ! Une autre ! criaient Paul, Solange et Marie.

Un attroupement a commencé à se former. Des CE et même des petits CP sont arrivés des quatre coins de la cour. En les voyant, soudain, j'ai eu une inspiration. J'ai tiré Martial par la manche.

— Hé ! Faut pas les raconter gratis, tes blagues ! Faut faire payer !

— Faire payer !?! T'es dingue ?

— Pas du tout ! Quand ils vont au spectacle, les gens paient leur billet, pas vrai ? Il n'y a pas de raison. Tu peux gagner plein de sous ! Comme ça, si personne ne me donne de cadeau pour Noël, toi, au moins, tu m'en achèteras un, hein, Martial ? OK ?

— Et tu arrêteras de faire la tête ? m'a demandé mon copain.

— Est-ce que je fais la tête, là ?

Martial m'a souri. Je me suis tournée vers les autres :

— Je vous préviens, Martial a plein de nouvelles blagues géniales ! Si vous voulez qu'il vous en raconte, pas de problème : ça coûte 20 centimes !

Tout le monde a eu l'air surpris, même certains ont été un peu choqués. Chloé Jambier a dit que ce n'était pas légal. Jacky a fouillé ses poches mais il n'avait pas d'argent. Jean Germain est parti en disant que, de toute façon, il n'aimait pas les blagues. Hedwige a annoncé que si c'était comme ça, elle allait fabriquer des colliers et les faire payer, elle aussi. Marie Béret lui a répondu que personne ne lui en achèterait. Finalement, au moment où Martial commençait à me faire des signes pour me dire que mon idée était nulle, Joachim Binard a sorti une pièce de 1 euro :

— D'accord, moi je paie ! Cinq blagues s'il te plaît !
— OK.

Martial a empoché la pièce, puis il s'est avancé, un peu comme un acteur qui entre en scène. Le silence s'est fait.

— *« Qu'est-ce qui est jaune et qui traverse les murs ? »*

On attendait la suite... C'est Joachim qui l'a dite :

— Super-Banane ! Je la connais !
— Ferme ta gueule ! a crié Martial, furieux.

Martial était fou-vexé d'avoir été coupé dans son effet. Sous le choc, il a oublié que Joachim est le plus grand bagarreur de toute l'école.

Depuis qu'on le connaît, Joachim passe son temps à expliquer que son grand-père était dans la police et à donner des coups de pied et des coups de poing pour rien. Là, il y avait une raison...

— Qu'est-ce que tu m'as dit : « Ferme ta gueule » ? Non mais tu sais à qui tu parles ? Rends-moi mon fric !

— Pas question !

— Rends-moi mon fric tout de suite !

— Tu peux toujours courir !

— Attends, tu vas voir ton carnet, ce que je vais en faire !

Ils ont passé un moment à se pousser en disant : « non-si-non », puis Joachim a fait un saut pour lancer ses jambes sur Martial comme dans les prises de judo. Martial s'est baissé juste à temps. Au moment où Joachim allait donner un coup de poing à Martial en poussant un cri de sauvage, Fernand, le surveillant, est arrivé, l'air furibond.

— Hep là, ça ne va pas, non ? Ho !

Martial a vite caché son carnet de blagues dans sa poche.

— Qu'est-ce que tu caches, là ?

— Rien rien...

— Donne-moi ça tout de suite !

En voyant son carnet atterrir dans la poche du surveillant, le visage de Martial s'est décomposé comme un puzzle qui tombe en morceaux.

PLACARD 6 À GATEAUX

— Allez, pleure pas, Martial ! Si c'était M. Dequille qui t'avait confisqué ton carnet, ce serait bien pire !
— Ou Mme Nervos, tu imagines !
— À mon avis, Fernand va rigoler un bon coup en lisant tes blagues et puis il va te le rendre...
— Peut-être même qu'il te dira merci !

On a eu beau essayer tous les arguments, rien ne semblait pouvoir consoler Martial. Il n'arrêtait pas de répéter que ce 17e carnet était le plus beau de toute sa collection, que si ça se trouve Fernand allait le jeter à la poubelle, que deux des dix cartons de chewing-gums de la livraison étaient déjà vendus, qu'il n'arriverait jamais à retrouver les blagues géniales qu'il avait copiées. Plus il parlait, plus il semblait désespéré. En montant en classe, il sanglotait carrément.

Pendant qu'on s'installait, M. Dequille n'a rien remarqué. Mais dès qu'on a commencé la dictée, en entendant Martial renifler entre les phrases, il s'est approché de lui, l'air fatigué :

— Qu'est-ce qui se passe, encore, Pistalou ? Tu as un problème ?

Martial a hoché la tête avec des yeux de chien mouillé, comme s'il avait enterré son père et sa mère le matin même, avant de venir à l'école. (Sa mère, c'est déjà fait. Elle est morte quand il était petit.)

— Je peux pas le dire... J'ai... quelque chose... J'ai...
— Quelque chose de personnel ?

Martial a eu un moment d'hésitation avant de faire signe que oui.

— Tu peux en parler ? a insisté M. Dequille.

Martial s'est mouché, longtemps, puis il a fait signe que non.

— Allons, mon garçon, a dit M. Dequille en s'éloignant. La vie n'est pas toujours drôle. Il faut penser à autre chose : pense plutôt à ta dictée !

M. Dequille a repris la dictée, mais à la phrase d'après, comme Martial pleurait de plus en plus fort, le maître lui a proposé d'aller à l'infirmerie. Martial a accepté. À mon avis, ça l'arrangeait mieux que de finir la dictée. Ça lui ferait toujours un zéro de moins sur le prochain carnet et en plus, l'infirmerie, on aime bien y aller. Lydie, l'infirmière, est super-gentille, et comme l'infirmerie est juste à côté de la cuisine, Simone et Melinda, les femmes de ménage qui font aussi le service, nous apportent parfois du lait et des tartines.

À midi, on s'est retrouvés pour déjeuner à la cantine. (Comme maman a beaucoup de travail, j'y déjeune tous les jours sauf le mercredi.) Martial n'avait pas l'air d'aller mieux. Il a juste un peu souri quand on lui a dit que la dictée avait été horrible et qu'on avait tous au moins dix fautes, d'après Jean Germain qui n'en fait jamais. Jacky a essayé de faire rire Martial en lui racontant qu'il avait écrit « chouproute » au lieu de « choucroute », mais ça n'a pas marché. Et quand Solange a lu le menu affiché dans le couloir, plus personne n'a eu envie de rire :

— Colin-chou-fleur !
— Je meurs !
— Tout ce que je déteste !
— Et moi qui crève de faim !

Le déjeuner a été une longue suite de plaintes et de gémissements.

Personne n'a touché à son assiette. À part Paul Colinot, qui a vraiment des goûts bizarres et qui a récupéré toutes les parts. Il était à côté de moi. Je ne sais pas comment il fait. Je n'aurais pas pu avaler une demi-cuiller de tout ce qu'il a englouti.

Après la cantine, on a toujours une grande récré pour jouer. Ce lundi-là, Martial s'est assis dans un coin, sans parler. Je me sentais mal rien qu'à le regarder.

Martial est quand même mon meilleur ami et pour le coup du carnet de blagues, je me sentais un peu coupable. Je l'avais entraîné dans cette histoire de faire payer qui avait abouti à la bagarre et à la confiscation. J'ai décidé d'essayer d'arranger les choses. C'était Fernand Moubel qui surveillait la récréation. Je voyais son crâne, de l'autre côté de la vitre de la grande salle du rez-de-chaussée qui donne sur le préau. Je suis allée le trouver. Il lisait. En me voyant approcher, il a refermé son livre en vitesse, comme Jean Germain quand il a peur que je copie sur lui. Pourtant, le livre de Fernand n'avait pas l'air top-secret. J'ai jeté un coup d'œil à la couverture. Ça disait quelque chose du genre : « L'ÉCOLE DE DEMAIN, PERSPECTIVES ET BILAN. »

— Ça va... euh... Fernand ?

J'étais gênée. Je ne savais pas par où commencer.

— Qu'est-ce que tu veux ?

Fernand n'avait pas l'air content.

— Vous savez... Martial Pistalou et moi, on est très amis et...

Il a penché la tête avec une espèce de grimace.

— Et quoi ?

— Il est très très très très embêté. Il pleure...

— Comment ça, il pleure ?

— À cause du carnet que vous lui avez confisqué...

Fernand s'est levé d'un seul coup.

— Ça suffit ! Qu'est-ce que vous croyez ? Que je

vais rendre à midi un objet que j'ai confisqué à dix heures ? Allez ouste ! Du balai !

En disant ces mots, il a fait un geste pour me montrer la porte. J'ai entendu quelque chose tomber. J'ai cru que c'était le livre de Fernand. Mais non, il l'avait à la main. Le temps qu'il se baisse, j'ai reconnu le carnet de Martial ! À l'intérieur de son livre sérieux, le surveillant lisait les blagues ! La meilleure de l'année ! Encore plus drôle que toutes les blagues que Martial avait recopiées ! Je suis partie sans insister. Avec les grandes personnes, il ne faut jamais insister quand on les prend en faute, ça, je le sais. En tout cas, le carnet n'était pas à la poubelle, c'était déjà une bonne nouvelle.

J'en riais encore en rentrant chez moi, voir ce que je pouvais trouver à manger. Coup de chance, la maison était vide et le placard à gâteaux rempli. J'ai mis la radio et j'ai ouvert un paquet de biscuits au chocolat, mes préférés. Je chantonnais doucement en me disant que ça a quand même du bon, par moments, d'habiter dans l'école, quand tout à coup une idée m'est venue : ces biscuits délicieux, quel succès j'aurais si j'en vendais à tous ceux qui n'avaient pas touché le colin-chou-fleur de la cantine ! Ils paieraient cher pour en croquer ! Encore plus cher que pour entendre des blagues, vu que rire est agréable, mais se nourrir est bien plus qu'agréable : indispensable ! J'ai pris tous les biscuits du placard. Il y en avait six paquets de 24. Si je vendais 20 centimes le biscuit, je pouvais gagner... Je n'ai pas eu besoin de poser la multiplication, elle s'est faite toute seule, comme si j'avais eu une calculette à l'intérieur de la tête (pour une fois) : presque 30 euros ! J'ai foncé dans la cour.

— Qui veut des biscuits ? Qui veut des biscuits ?

Tout le monde s'est précipité :

— Moi ! Moi ! Moi !

— Mais attention, je ne les donne pas, je les vends ! 20 centimes pièce ! Regardez comme ils sont beaux, comme ils sont délicieux ! 20 centimes !

Solange, ma meilleure amie, s'est approchée de moi, l'air mauvais :

— Qu'est-ce que tu as, en ce moment, Lison, tu es obsédée par l'argent ou quoi ?

— Pas du tout ! Je veux juste m'acheter un cadeau de Noël ! Tu ne peux pas comprendre, toi, tu auras tous les cadeaux que tu as commandés. Mais moi, à cause de mon bulletin, mes parents ne veulent rien me donner ! Alors je me débrouille comme je peux...

J'ai vendu un biscuit à Marie et un à Paul Colinot (il avait encore faim !). Pendant que je discutais avec Jean Germain qui en voulait quatre pour le prix d'un, j'ai senti une main s'abattre dans mon dos :

— Lison Deslivres ! Qu'est-ce que tu fabriques ?

Je me suis retournée : la directrice !

— Je... je... Rien, madame Nervos ! Je donne des biscuits à...

— Elle ne les donne pas, elle les vend ! s'est dépêché de cafter Jean Germain.

J'ai cru que Mme Nervos allait s'étrangler :

— Tu fais du commerce dans la cour de l'école, maintenant ! Ta mère est au courant ?

— Mais je... je... je...

Impossible de dire un mot de plus. Mme Nervos était déjà partie à la recherche de maman.

7
À VOTRE BON CŒUR !

Quel lundi, décidément ! Mme Nervos n'a pas mis longtemps à trouver maman. Pas plus longtemps que maman à me coincer dans ma chambre.

— Je ne comprends pas, Lison, il y a deux jours, tu disais que tu voulais me faire plaisir et depuis tu ne fais que des bêtises !

— J'ai peur de ne pas avoir de cadeaux pour Noël ! À cause de mon bulletin !

— Et qu'est-ce que tu veux, pour Noël ?

— Je voudrais... un micro spécial pour chanter en karaoké, mais je n'ai même pas osé vous en parler !

Maman m'a regardée avec des yeux affolés.

— Chanter en karaoké ! Voilà ce que tu veux ? Alors écoute-moi, Lison. Tu vas avoir un cadeau de Noël, ne t'inquiète pas, il est même déjà acheté Mais vu le bulletin que tu nous as rapporté, papa et moi pensons qu'il y a des choses plus urgentes pour toi que de chanter en karaoké !

— Vous m'avez acheté un cadeau en rapport avec mon bulletin ?

— Eh bien... oui...

— Qu'est-ce que c'est ? Un livre de classe ? Un dictionnaire ?

— Surprise... Tu verras bien...

Je n'avais pas envie de voir. La surprise ne pouvait être que mauvaise.

À cinq heures, en allant chercher le pain, j'ai croisé Martial. Il s'est jeté sur moi :

— Tu sais quoi ? Moi non plus, j'aurai pas de cadeau pour Noël !

— Même pas tes boules de pétanque ?

— Rien, je te dis !

— Sans blague ?

La figure de Martial s'est encore assombrie :

— Tu ne me parles pas de blagues, OK ?

— Excuse-moi. Mais raconte, qu'est-ce qui s'est passé ?

— Mon père a trouvé mon bulletin ! Je l'avais caché sous les cartons d'eau de Javel. Je ne pensais pas qu'il les bougerait avant Noël. Manque de bol, il les a déplacés !

J'ai raccompagné Martial pour lui soutenir le moral. Puis il m'a raccompagnée pour la même raison. On discutait de la nécessité de trouver de l'argent si on voulait s'acheter lui son baby-foot et moi mon micro-karaoké-plus-toute-la-liste-de-cadeaux-que-j'avais-prévus-pour-papa-maman-Benjamin-et-Alfred quand, soudain, au coin de la rue des Nouettes, on a entendu tinter des pièces de monnaie. On s'est avancés vers l'endroit d'où venait le bruit : sous un porche, un mendiant barbu demandait la charité en secouant une boîte de conserve.

— À votre bon cœur, m'sieurs dames, faites un geste pour le Noël d'un pauvre homme...

Il nous a souri :

— Vous auriez pas une petite pièce, les enfants ?

J'ai pensé : « Non, on en cherche, justement ! », mais je n'ai rien dit. Martial m'a glissé à l'oreille :

— T'as vu tout l'argent qu'il a dans sa boîte ?

— Ouais...

— Tu dois rentrer chez toi, là, t'es pressée ?

— Non, maman est partie au supermarché, elle en a au moins pour deux heures !

— J'ai un super-plan, qui va nous rapporter plus que les blagues ou les biscuits : on va se faire passer pour des mendiants !

Ça m'a paru une idée bizarre, mais Martial était si décidé que je n'ai pas osé le contrarier. Deux minutes plus tard, on était dans l'arrière-boutique. M. Pistalou était plongé dans un grand cahier de comptabilité et

Leïla servait des clients. Ils ne nous ont pas vus passer. Martial a fouillé dans une malle, puis il m'a donné une blouse grise tout usée et un chapeau noir cabossé. Lui, il a mis une cagoule et un vieux ciré, puis il est descendu à la cave et il est revenu avec une sorte de caillou noir brillant...

— C'est quoi ?

— Du charbon !

Avant que j'aie le temps de protester, il m'a barbouillé la figure et il s'est barbouillé aussi. En le voyant, j'ai éclaté de rire : il ressemblait à la statue du petit ramoneur qui est sur la cheminée de Mémé.

La nuit était presque tombée quand on est sortis.

— Où on va ?

— Là où il y a le plus de monde, dans la Grande Rue !

Au début, je me suis dit que rien qu'en nous voyant avec ces affreux déguisements, les passants allaient peut-être nous donner de l'argent. En fait, non. La plupart ne nous remarquaient pas. Et ceux qui nous remarquaient souriaient... Plus on approchait du centre-ville, plus il y avait de gens. Ils faisaient leurs courses de Noël, ils avaient les bras chargés de sacs et de paquets.

— Le monde qu'il y a ! On va se faire plein de fric ! a dit Martial en se frottant les mains.

On s'est assis juste à côté de la vitrine illuminée de la grande charcuterie, « Au Cochon Gourmand ».

Martial a sorti de sa poche une boîte de cacahouètes vide. Quelques minutes ont passé. Beaucoup de gens, aussi. Mais dans notre boîte : pas un sou. Je commençais à avoir froid.

— On a de la chance, il ne pleut pas ! a dit Martial, comme pour se réconforter.

— On a de la chance de ne pas être des vrais mendiants, surtout ! T'as vu ? Personne ne fait attention à nous !

— Tu les regardes, toi, les mendiants, d'habitude ?

— Bof, ça dépend...

— Il faudrait mettre des sous dans la boîte, pour que ça donne aux gens l'idée d'en mettre d'autres... ai-je suggéré. Comme mon oncle, quand il va à la chasse, pour attirer les oiseaux, il a un truc qui imite le cri des oiseaux.

— Je connais, ça s'appelle un appeau ! a bougonné Martial.

— Tu as des pièces sur toi ?

Martial a fouillé les poches de son pantalon, sous son ciré. J'ai fouillé les miennes. Mais je n'avais rien, évidemment. Moi qui n'ai qu'une pièce de 10 centimes dans ma tirelire, je ne me promène pas avec des fortunes dans mes poches ! Martial, lui, avait cinq ou six pièces. Il les a mises dans la boîte, les a agitées. Le tintement a eu un effet. Une jeune femme s'est arrêtée en disant : « Oh ! les pauvres mômes », mais son téléphone portable a sonné au fond de son sac, elle l'a cherché, elle l'a trouvé... et elle est partie en parlant.

Quelques instants plus tard, un monsieur a voulu sortir son porte-monnaie mais le petit garçon qui l'accompagnait l'a tiré par le bras :

— Viens, Papy, dépêche-toi, sinon je vais rater mon dessin animé !

— Tu vois, j'ai dit en les regardant s'éloigner, c'est mieux, mais ça ne suffit pas ! Je crois qu'il faut qu'on appelle les gens, qu'on leur parle, comme le barbu à côté de la boulangerie, il accroche tous les passants...

Martial n'avait pas l'air emballé.

— Tu crois vraiment ?

— Oui !

— Tu le fais ?

— Non, fais-le, toi ! C'est toi qui as eu l'idée de mendier, allez, Martial, vas-y !

Il a regardé à gauche, à droite, il a toussoté une ou deux fois, puis il s'est lancé :

— S'il vous plaît ! Ayez bon cœur, messieurs mesdames ! Faites un geste pour deux pauvres enfants qui n'auront pas de cadeaux de Noël...

Une grosse dame s'est arrêtée. Elle avait une tête toute ronde, comme une vieille poupée. Elle s'est penchée vers nous. Elle sentait le savon et ses genoux craquaient.

— Eh bien, mes pauvres chéris, qu'est-ce qui vous arrive ? Vous êtes tout seuls ? Vous avez froid ? Vous avez faim ?

— Euh...

On s'est regardés, gênés, on ne savait pas trop quoi dire...

— Deux mignons enfants comme ça, dans la rue, quelle abomination ! Il faut appeler la police !

— Non, madame, non non ! Merci, ça va...

— Comment : « ça va » ? Ça ne va pas du tout ! Je ne vais pas vous laisser comme ça ! Vous voulez venir chez moi ? Je vous ferai un bon bol de soupe...

Pauvre dame ! Elle était gentille ! Un bol de soupe, il ne manquait plus que ça ! Elle m'a prise par le bras. Au secours ! Comment lui dire qu'on voulait des sous, pas de la soupe ? En plus, elle insistait, elle ne voulait pas nous lâcher, elle empêchait d'autres gens de s'approcher... D'autres gens ? À cet instant, à dix mètres de moi, au bout du trottoir, j'ai vu s'approcher la dernière personne que j'aurais voulu voir : PAPA !

8
CIEL, UN TICKET !

Je me suis dégagée du bras de la grosse dame, j'ai pris la main de Martial et je l'ai tiré comme si la vitrine de la charcuterie allait nous tomber sur la tête.

— Qu'est-ce qu'il y a ? Qu'est-ce qu'il y a ?

— Mon père ! Là-bas, au bout de la rue ! S'il nous reconnaît, je suis fichue !

On a couru comme des fous. J'avais l'impression d'être un de ces lapins qu'on voit détaler parfois, la nuit, devant les phares de la voiture. Je n'osais pas me retourner. J'imaginais papa, derrière moi, prêt à me soulever par la peau du dos pour me passer un sermon qui ressemble à un coup de fusil ! On a fini par arriver sur une avenue déserte, silencieuse. Je me suis cachée dans le recoin d'une porte : visiblement, papa ne nous avait pas suivis. On s'est assis sur un banc. J'ai enlevé mon chapeau cabossé. Mon cœur cognait et la sueur coulait sur mon front, malgré le froid.

— Ouf ! La trouille que j'ai eue...

Martial était moins essoufflé que moi. Il faut dire que lui, avec le foot, il est entraîné (il est dans l'équipe des Étincelles d'Ysjoncte).

— C'est bon, là, je crois qu'on peut y retourner...

— Y retourner ? T'es malade ? Tu y retournes si tu veux, mais sans moi ! Tu imagines ? Si papa repasse dans l'autre sens, ou maman, ou mon grand frère, ou n'importe qui d'autre ? Sans compter que la grosse dame est peut-être en train de prévenir la police ! Et puis, les gens ne nous donnent pas un sou, de toute façon ! Mendier, c'est une mauvaise idée !

Martial s'est levé, l'air furieux.

— Parce que toi, t'as que des bonnes idées, hein ? Faire payer les blagues, quelle bonne idée ! Grâce à toi, je me suis fait piquer le plus beau carnet de ma collection ! Vendre des biscuits, super-idée, aussi ! Ça t'a rapporté combien, tu peux me dire ? Cinquante centimes ?

Pendant qu'il parlait, mon œil a été attiré par un petit rectangle brillant collé sur le côté de son ciré. Au début, j'ai cru que c'était la marque du fabricant, mais ça m'a paru un drôle d'endroit pour une marque et ça brillait comme du neuf alors que le ciré était tout usé. Je me suis approchée de Martial...

— Qu'est-ce que c'est, ce truc sur ton ciré ?

— Où ça ?

J'ai frotté avec l'ongle et décollé un petit bout de carton humide. J'ai lu ce qui était écrit dessus :

— Mil-lion-nai-re...

Martial m'a jeté un coup d'œil distrait.

— Ça ? Un ticket de Millionnaire... Il devait traîner sur le banc. Il s'est collé sur mon ciré. Il est sûrement pas gagnant.

— C'est quoi ?

— Tu connais pas ? On achète un ticket, on le gratte, si on a trois fois les mêmes chiffres, on gagne...

— Qu'est-ce qu'on gagne ?

Martial a eu l'air étonné :

— Arrête ! Tu le fais exprès ou quoi ? T'as jamais entendu parler du jeu du Millionnaire ?

— Mon père nous interdit de jouer à ce genre de trucs. Il dit qu'on perd forcément...

— Il dit n'importe quoi, ton père ! Moi, j'ai déjà gagné, une fois 15 euros et une fois 5 !

Martial s'est approché pour regarder le ticket de plus près.

— Ouaaah ! Il est neuf !

— Et alors ?

— Ça veut dire que quelqu'un l'a acheté et l'a perdu avant de le gratter !

— Il est peut-être gagnant, alors ?

— Ben oui !

Mon cœur s'est mis à battre plus vite.

— Je le gratte ?

— Vas-y ! Tiens, la zone à gratter, c'est ici...

On s'est blottis l'un contre l'autre sur le banc.

J'ai attaqué le petit rectangle gris avec l'ongle de mon pouce. J'avais comme une sorte de trac. Peut-être à cause de mon père. Mais pas seulement. C'était bizarre, comme si je m'attendais à quelque chose de terrible, une sorte de pressentiment. Et de l'excitation en même temps. Un 1 est apparu... puis un 0... encore un autre 0... et un troisième 0... !!

J'ai fait un bond :

— 10... 100... 1 000 euros ! Martial ! J'ai gagné 1 000 euros !

— Mais non ! Il faut que tu aies trois fois le même chiffre pour gagner vraiment, je t'ai dit...

— Dégoûtant ! Exprès pour donner des fausses joies !

— Pas forcément ! Gratte la suite, on sait jamais !

Martial s'est penché sur mon épaule. Il était beaucoup plus calme que moi. Dans la case d'après, il y avait écrit : TV.

— Si t'as trois fois écrit TV, tu passes à la télé !

— Surtout pas ! Si mon père me voit à la télé, il saura que j'ai joué !

— Comment il pourrait te voir puisque votre télé est cassée !

— Ah oui, c'est vrai, mais quand même, on sait jamais !

Dans la troisième case, il y avait écrit : 400 euros. Puis 100 euros.

— Il faut que tu aies encore deux fois 100, ou deux fois 400...

— Ou deux fois 1 000...

— Rêve pas trop !

L'avant-dernière case cachait un autre 400. Mon pouce tremblait en grattant la dernière. Martial s'est collé à moi.

— Si t'as une troisième fois 400, c'est bon !

Un 4... un 0... un 0... Je lui ai sauté au cou.

— 400 euros ! J'ai gagné 400 euros, Martial, tu te rends compte ? J'ai de quoi acheter mon micro-karaoké ! Plus tous les cadeaux que je veux offrir à mon père, à ma mère, à mon grand frère, à mon petit frère, même à ma Mémé ! C'est le plus beau Noël de ma vie !

LE BANCO DE LISON 9

Je pensais que Martial allait pousser des cris de joie. Pas du tout. Il est retombé assis sur le banc en fixant le bout de ses chaussures. Je me suis plantée devant lui.

— Tu pourrais me dire « bravo », quand même ! Et puis enlève cette capuche, ça te donne l'air idiot !

Il m'a lancé un regard en biais :

— Ah ! parce que en plus, il faut que je te dise : « bravo » ! Et puis « merci », aussi, peut-être, pendant que tu y es ?

— Quoi, c'est génial, non ? Même si mes parents me donnent un livre de grammaire, je suis sauvée ! 400 euros ! Je n'ai jamais eu autant ! Si ça se trouve, quand j'aurai tout acheté, il me restera encore de l'argent pour des bonbons !

— Super ! Tu me donneras les papiers... Il y aura peut-être des blagues dessus, ça me consolera !

— Ça veut dire quoi ?
— Ça veut dire qu'on était partis pour chercher de l'argent ensemble, Lison ! Si les passants de la Grande Rue nous avaient donné des pièces, elles auraient été pour nous deux !
— Attends ! Le ticket de Millionnaire, c'est moi qui l'ai trouvé !
— Oui, mais il était sur *mon* ciré !
— Oui, mais si je l'avais pas repéré, il serait tombé et tu n'aurais jamais su qu'il était gagnant !
— Oui, mais si je ne t'avais pas expliqué qu'il fallait gratter pour gagner, tu ne l'aurais peut-être jamais su non plus !
— Oui, mais qui l'a gratté ? C'est *moi* !

Martial a haussé les épaules en me montrant l'ongle de son pouce :

— Moi aussi, je pouvais gratter, je te signale ! J'ai un pouce comme toi !

Je suis restée muette un moment. Je commençais à comprendre : en fait, Martial avait envie qu'on partage les 400 euros. Ça m'embêtait vraiment...

— Dès l'instant où tu as gagné, a continué Martial en me regardant droit dans les yeux, hop, tu m'as oublié. Pour moi, c'est pas ça, être amis... Moi, le jour où tu es restée coincée dans la grille de la cour en voulant aller chercher des cerises, je suis venu t'aider, je te rappelle ! (Il faut que j'explique : dans la cour de l'école primaire, on a une statue de Charlemagne. Mais dans la cour du collège, juste à côté, à la place, ils ont trois super-cerisiers ! Le problème, c'est qu'au-dessus du muret il y a des méchantes grilles en pointe...)

— Et moi, le jour où tu as pris deux heures de colle parce que M. Dequille croyait que c'était toi qui avais lancé une boulette, je me suis dénoncée !

— Et moi, le jour où...

Je l'ai pris par le bras :

— Écoute, Martial, ça suffit ! Il est six heures. Ma mère va rentrer. On ne va pas se disputer comme ça jusqu'à demain pour de l'argent qu'on n'a pas et qu'on n'aura peut-être jamais.

Le visage de Martial s'est éclairci :

— Comment : « qu'on n'aura peut-être jamais » ? Il suffit de présenter notre ticket au Café de la Paix et dans cinq minutes, il est dans la poche, cet argent !

J'ai trouvé que « mon » ticket devenait très vite « notre » ticket, mais je n'ai rien dit. On a pris le chemin du Café de la Paix. En arrivant, on a commencé par se faufiler aux toilettes, histoire de se débarbouiller pour ne pas trop se faire remarquer. Je n'arrivais pas à croire que le petit bout de carton que je tenais dans la main allait se transformer en argent, et pourtant c'est ce qui s'est passé. La caissière du Café de la Paix, qui a une tête de bouledogue et qui ne sourit jamais, a pris mon ticket et m'a tendu huit billets de 50 euros, aussi machinalement qu'un distributeur. Ils étaient beaux, neufs, brillants. J'avais presque envie de les embrasser. Je me sentais comme le jour où j'ai bu une coupe de champagne au mariage de ma cousine. Martial souriait un peu, mais je sentais qu'il était inquiet. Il se demandait ce que j'allais faire. Moi aussi, je me le demandais. Quand brusquement, j'ai eu une inspiration.

— Écoute, Martial, aujourd'hui est un jour de chance, non ?

— Euh... Si !

— En grattant un seul ticket, on a gagné 400 euros ! Un ticket, ça coûte 2 euros. Avec ces 400 euros, on peut en acheter deux cents ! Tu te rends compte, ce qu'on peut gagner ?

Martial m'a regardée bizarrement.

— On partage pas, alors ?

— Attends ! Si on gagne deux cents fois 400 euros, ce ne sera plus un problème de partager ! Tu pourras te payer le plus beau baby-foot du monde et moi un micro de karaoké en or massif !

— Mais si on gagne pas ?

— On gagne forcément ! Tu l'as dit toi-même !

Il a reculé, les mains en avant, comme quelqu'un qui arrive au bord d'un plongeoir et qui a peur de sauter.

— Attention ! J'ai jamais dit qu'on gagnait forcément ! J'ai dit qu'on ne perdait pas forcément, nuance !

— Tu te dégonfles ?

— Pas du tout ! Mais si tu es d'accord pour partager, j'aime autant ! Toi, après, tu feras ce que tu voudras avec tes 200 euros. Moi, je préfère garder les miens. Si je les ajoute à mes économies, j'ai juste assez pour pouvoir acheter mon baby-foot.

Il m'a tendu la main. J'étais coincée. J'ai regardé une dernière fois mes huit billets de 50... et je lui en ai donné la moitié...

LA BOURSE 10 OU L'AMI

Ce qui s'est passé ensuite, je n'aurais jamais cru que ça puisse arriver. Vraiment, jamais ! Je suis revenue vers la caissière avec mes 200 euros. Martial m'a tirée en arrière pour me chuchoter à l'oreille :

— Ne fais pas ça, Lison, je t'assure, tu devrais pas !

— Laisse-moi ! On dirait mon père ! Si t'as la trouille, c'est ton problème. Tu sais ce que dit ma Mémé ? « La fortune sourit aux audacieux ! » Tu verras, quand j'aurai gagné cent fois 400 euros... Là, il faudra plus venir me demander de partager !

J'ai posé mon billet sur la caisse.

— Cent tickets de Millionnaire, s'il vous plaît !

— Tu es dingue ! m'a soufflé Martial quand j'ai empoché le paquet de tickets.

— Dingue toi-même ! Rira bien qui rira le dernier !

J'ai ri. Mais pas longtemps. Je ne vais pas faire le détail, ce serait trop long et pas gai. J'ai gratté un ticket, puis un deuxième et ainsi de suite, de plus en plus vite... Vers le cinquantième, Martial m'a murmuré :

— Tu veux que je t'aide ?

— Sûrement pas !

Il me crispait, à me regarder perdre, perdre et reperdre, comme une vache qui regarde une autre vache se rouler dans la bouse ! Soixantième ticket, soixante-dixième, quatre-vingtième, et... RIEN. Martial restait devant moi, ahuri, sans bouger.

— Ça va ! T'as jamais vu quelqu'un qui perd ?

— Je t'avais dit de pas les acheter, ces tickets !

— Merci ! Trop tard !

J'ai dû parler un peu fort parce que la caissière a grogné « chut », avec l'air d'un bouledogue qu'on dérange au milieu de sa sieste.

On est partis du café. Dehors, il s'était mis à pleuvoir et je n'avais que ma blouse sur le dos. J'allais rentrer à la maison trempée, en retard... et ruinée !

— On se met à deux sous mon ciré, si tu veux... m'a gentiment proposé Martial.

— Nan ! j'ai répondu méchamment.

Je suis partie au pas de course par la rue du Puits. Il m'a suivie. Au feu rouge de l'avenue de Cluny, pendant qu'on attendait, il a entrouvert sa poche pour vérifier que ses billets de 50 y étaient toujours. Ça m'a énervée.

— T'inquiète pas, il est là, ton fric ! je lui ai lancé. Tu vas pouvoir te l'acheter, ton baby-foot ! T'es content, hein, t'es content ?

Il m'a regardée, la tête sous son ciré. Il rigolait à moitié. Ça m'a encore plus énervée.

— Qu'est-ce qui te prend, Lison ? il m'a lancé.

Le feu est passé au rouge. J'ai traversé.

— Tout à l'heure, tu disais qu'être amis, c'est partager. Cette idée-là, elle est juste valable pour moi, hein ? Toi, tu partages pas ?

— Ça veut dire quoi, ça ?

— Ça veut dire que ça te dérange pas d'empocher 200 euros grâce à moi alors que, moi, j'ai zéro, hein ?

— T'es gonflée ! Tu as absolument voulu racheter des tickets ! Tant pis pour toi ! Je t'avais prévenue qu'il fallait pas !

— Oui, eh bien moi, je te préviens que dans ce cas-là...

Je me suis tue. On était arrivés devant la boulangerie de la rue des Nouettes, là où tout avait commencé. Le mendiant barbu n'était plus là, mais la vendeuse était en train de fermer son store. Je n'avais pas envie qu'elle nous entende. Elle nous a fait un petit signe :

— Encore dehors à cette heure-ci, et sous la pluie ! Vous êtes vraiment inséparables, tous les deux !

J'ai grimacé un sourire. Martial a fait un coucou tout mou, l'air un peu idiot. Son père lui répète tout le temps de faire attention à être poli avec les autres commerçants du quartier. La vendeuse est rentrée dans sa boutique. Un instant, j'ai pensé que Martial allait me donner 100 euros. Mais non. Quand on a passé le coin de la rue, j'ai explosé.

— Moi, je partage, mais pas toi ! Tu sais ce que tu es : un sale égoïste !

— Et toi, Lison, tu sais ce que tu es ? Une pauvre nulle !

— Si c'est ça, être amis, j'arrête ! Je suis plus ton amie !

— Moi non plus !
— Salut !
— Très bien ! Salut !

Il est parti en courant vers la rue des Vignes, sans se retourner. J'ai regardé plusieurs fois la tache jaune de son ciré s'éloigner. J'étais écœurée.

Quand je suis arrivée à la maison, maman venait de rentrer du supermarché. Il y avait des paniers et des sacs partout. Benjamin était déjà en robe de chambre, les cheveux mouillés, parfaitement coiffés. Il aidait à ranger, parfait chouchou qui rend service à sa maman, une semaine pile avant Noël... J'avais envie de le décoiffer, de shooter dans les sacs, de tout casser. Je me suis vue dans la glace : la figure presque aussi grise que ma vieille blouse, les cheveux collés, j'avais plutôt intérêt à filer me changer ! En m'entendant monter l'escalier, maman a crié :

— C'est toi, Lison ? Tu peux nous aider à ranger, s'il te plaît ? Et d'où viens-tu, d'abord, à cette heure-ci ?

J'ai pressé le pas. Au même instant, ça m'est revenu ! Le pain ! J'étais partie chercher le pain... Il y avait combien de temps ? Deux heures ? Trois heures ? Et je n'avais même pas un croûton à la main !

— Je... je suis allée chercher le pain, mais y en avait plus à la boulangerie d'à côté, alors j'ai fait plusieurs boulangeries...

Un instant, j'ai eu peur que Benjamin me voie et dise quelque chose pour m'enfoncer, mais il était trop occupé à aligner les boîtes de conserve.

Dans la chambre, Alfred, mon petit frère, s'est précipité sur moi avec une feuille et un crayon :

— Lison, m'aide-moi ! Veux icrire au Pè Noël !

— Tu veux écrire au Père Noël ? Mais pour lui dire quoi ?

— Pou des cadeaux ! Moi veux piein piein piein cadeaux moi !

— Il est trop tard pour écrire au Père Noël, maintenant, Alfred ! Le Père Noël est déjà en route !

Quand je suis redescendue, en pyjama moi aussi (je ne pouvais pas faire moins bien que Benjamin), et les yeux rougis après trois débarbouillages au savon, maman posait un plat de poisson sur la table. Décidément, ce lundi n'était pas mon jour de chance !

— Alors comme ça, tu vends les biscuits de notre placard pendant la récréation ? a attaqué papa dès la première bouchée.

J'ai regardé maman en soupirant. Elle enlevait les arêtes du poisson d'Alfred.

— Ça va, je me suis déjà fait gronder par maman !

— On ne dit pas « Ça va » à son père ! a crié papa.

Au même instant, on a sonné. C'était Mme Nervos. Il ne manquait plus qu'elle ! Un paquet-cadeau à la main, elle s'est avancée vers mes parents.

— Oh, vous êtes à table, excusez-moi, chers monsieur et madame Deslivres. Je vous apporte mon petit cadeau de fin d'année. Vous êtes si gentils, si dévoués ! Je ne sais pas comment je pourrais régler tous les problèmes de cette école si vous n'étiez pas là ! Et même s'il y a une anicroche de temps en temps avec les enfants, on oublie, on efface et on prend plein de bonnes résolutions pour l'an prochain, n'est-ce pas ?

En disant ça, elle m'a lancé un regard en coin, comme si j'étais une criminelle. Maman a pris le paquet et elle l'a ouvert, en faisant semblant de ne pas se douter de ce qu'il y avait dedans. En fait, on le savait tous. Chaque année, Mme Nervos nous offre la même boîte de pâtes de fruits qu'on déteste. Mais bien sûr, on n'ose pas lui avouer.

— Oh ! Des pâtes de fruits ! Quelle bonne idée ! s'est exclamée maman.

Mme Nervos a agité l'index pour prononcer la même phrase que chaque année :

— Attention, les enfants, il ne faudra pas tout manger ! Il faudra en laisser pour vos parents !

Benjamin, Alfred et moi, on a piqué du nez dans notre assiette en essayant de ne pas rigoler. Pour ce qui est de tout manger, elle pouvait être tranquille : aucun danger ! Cette fois, en tout cas, la visite de Mme Nervos a arrangé mes affaires : quand elle est partie, on a tous éclaté de rire et ça a duré jusqu'à la fin du dîner. Du coup, papa a oublié l'histoire des biscuits...

Moi, par contre, je n'ai pas oublié la dispute avec Martial. Ça m'a même empêchée de dormir. Depuis le CP, Martial et moi, on avait fait des milliers de coups ensemble sans presque jamais nous disputer. En tout cas jamais aussi gravement que pour cette histoire d'argent.

Je n'arrêtais pas de me demander qui avait tort, qui avait raison et comment on pourrait se réconcilier. Je ne voyais pas de solution.

Le lendemain matin, je me sentais patraque. J'avais chaud, je transpirais, je n'avais pas faim... Quand elle m'a fait prendre ma température et qu'elle a vu que j'avais 38,7°, maman m'a ordonné de rester au lit. Ça tombait bien, je ne verrais pas Martial. Et comme ce vendredi était le dernier jour de l'année, je n'aurais pas à lui parler avant la rentrée de janvier...

Je ne me doutais pas de la suite. Vers dix heures du matin, je somnolais vaguement quand j'ai entendu des pas dans l'escalier. Au début, j'ai eu peur. J'étais seule dans la maison... Et si c'était un voleur ? J'ai appelé, d'une petite voix :
— Maman ?
— Non, c'est moi, Martial !
Je me suis redressée dans mon lit. Il est entré dans ma chambre. Il tenait une enveloppe à la main. Il l'a posée sur mon oreiller.
— Tiens, j'ai réfléchi. En fait, je m'en fiche d'avoir un baby-foot ou pas ! Je préfère qu'on reste amis ! C'est idiot de se disputer !

J'ai eu chaud, tout d'un coup. Je transpirais. Je n'avais pas envie d'ouvrir l'enveloppe. J'avais envie qu'il la reprenne.
— Merci, mais non, Martial ! Garde ton argent ! Moi aussi, je m'en fiche d'avoir un micro-karaoké, finalement !

On s'est lancés dans la discussion inverse de celle du jour d'avant. Il voulait partager. Je ne voulais plus.

On était vraiment comme des imbéciles. La cloche a sonné. Il est parti pour ne pas être en retard. Je n'ai pas réussi à lui rendre son enveloppe. Après son départ, je l'ai ouverte. Dedans, il y avait deux billets de 50 euros et un petit papier avec écrit :

« *Être amis, ça vau plusse que ça.* »

Ça a l'air bête, mais en le lisant, je n'ai pas pu me retenir de pleurer. Personne ne m'a vue, heureusement !

La directrice est amoureuse

MONOTONE 1 PRINTEMPS

Quand les chats ronronnent, c'est qu'ils sont contents, paraît-il. Moi, c'est le contraire : quand ça ronronne autour de moi, je ne suis pas contente du tout. Ce mois de mars-là, c'était le cas : les jours se suivaient et se ressemblaient, tristes, ternes, sans aucune réjouissance à l'horizon. Pas de vacances, pas de fête, pas de musique, pas de danse, pas de déguisements, pas de cadeaux. Rien. Tous les matins, rien que la pluie sur la statue de Charlemagne. (À l'école des Cloches, où j'habite, il y a une statue de Charlemagne au milieu de la cour du primaire. J'en ai déjà parlé, j'en reparlerai sans doute...)

Après la pluie, les cours de M. Dequille – notre instituteur – interrompus par les discours habituels sur son immense fatigue et sa retraite (le rêve de sa vie et de la nôtre aussi !!). Après les cours de M. Dequille, à nouveau la pluie... Bref, la vie ressemblait à une longue douche glacée !

Chaque matin, Martial, mon meilleur copain, arrivait en courant comme un dératé, dégoulinant sous sa capuche, tout essoufflé. Solange, ma meilleure amie, le suivait généralement en se pavanant sous son parapluie à cœurs roses, celui qu'elle a eu à Noël. En attendant que ça sonne, on se serrait sous le préau et le même genre de discussion commençait, ou plutôt recommençait :

SOLANGE
Pourquoi tu prends pas un parapluie, Martial ?

MARTIAL
Parce que les parapluies, c'est des trucs de fille. Moi, j'en ai pas besoin : je cours, je passe entre les gouttes.

SOLANGE
Entre les gouttes, tu parles ! T'es trempé !

MARTIAL
(se secouant et arrosant autant que la fontaine du jardin public)
Pas du tout ! Je suis sec !

TOUT LE MONDE
Arrête, Martial, tu balances de l'eau partout !

JEAN GERMAIN
(le premier de la classe)
Je ne vois pas comment tu peux passer entre les gouttes, mon pauvre Martial ! Les gouttes tombent à intervalles réguliers, je te signale !

MARTIAL
Sauf que moi, quand je cours, je reste moins longtemps dessous, hé, Jean Germain, gros malin !

SOLANGE
(faisant tourner son parapluie)
Tout de même, les parapluies, c'est pas pour les chiens...

PAUL COLINOT
(il regarde tout le temps la télé)
Si ! En Amérique y a des parapluies pour les chiens, justement ! On leur installe une sangle autour de la tête avec un petit parapluie au-dessus ! Je l'ai vu à la télé !

JACKY PARATINI
Ouais ben ici, on est en France !

SOLANGE
(admirant son parapluie)
En plus, mon parapluie rose, il donne bonne mine...

MOI (LISON)
Pfff... Pour donner bonne mine, je préfère le soleil !

MARTIAL
Remarque, Lison, si t'étais à la place de Charlemagne, tu serais encore plus mouillée...

MOI
Sauf que si j'étais à la place de Charlemagne, j'aurais jamais inventé l'école et on serait pas là !

Au beau milieu de ces jours de pluie, un samedi, maman a posé un bouquet de jonquilles au milieu de la table du déjeuner et elle a annoncé :
— C'est le printemps aujourd'hui !
— Le printemps ? j'ai sursauté. Pas possible ! On se croirait en automne !
Papa a regardé sa montre.
— Mais oui ! Tu as raison, Nicole, on est le 21 mars !
— Il pleut tout le temps... j'ai gémi en regardant les gouttes dégouliner le long des carreaux de la salle à manger.

Benjamin, mon grand frère, qui ramène toujours sa science, surtout depuis qu'il va au collège, m'a dévisagée en haussant les épaules.

— Et les giboulées de mars ? T'as jamais entendu parler des giboulées de mars ?

J'ai fait « hin hin » en haussant les épaules moi aussi, comme si je connaissais parfaitement les giboulées de mars. En fait, j'avais déjà entendu ça quelque part, mais je n'avais pas la moindre idée de ce que ça pouvait bien être. Des fleurs, un dessert, une danse folklorique ?...

— Alors, c'est quoi ?

— Yé quoi dizibouléd ma ? a répété Alfred, mon petit frère qui ne peut pas s'empêcher de mettre son grain de sel partout.

— C'est... c'est... une sorte de... disons...

Papa ne m'a pas laissée bafouiller plus longtemps. Il a attrapé le dictionnaire sur le buffet et il me l'a donné. (À force de chercher des mots pendant les repas, papa a mis le dictionnaire à portée de la table de la salle à manger.) Je déteste le dictionnaire. Plus je cherche, moins je trouve. On dirait que les mots se cachent entre les pages exprès pour m'énerver. De vraies aiguilles dans une botte de foin, comme dirait ma grand-mère. (Et encore : je crois que je préférerais de loin chercher des aiguilles dans des bottes de foin !)

Soudain, au détour d'un paragraphe, eurêka ! le mot « giboulée » m'a sauté au nez :

« Pluie soudaine, quelquefois accompagnée de vent, de grêle, ou même de neige et bientôt suivie d'une éclaircie... »

Benjamin a froncé les sourcils.

— Ils ne parlent pas des giboulées de mars ?

J'ai fini de lire le paragraphe et j'ai bien été obligée de dire que si.

— Ah ! a souri mon grand frère d'un petit air satisfait.

— Mais ils parlent aussi d'éclaircie. On ne la voit pas souvent, l'éclaircie !

L'éclaircie, on ne la voyait pas souvent non plus en classe. Parce que le mois de mars, ce n'est pas seulement la saison des pluies, c'est aussi la saison des contrôles. Dès la rentrée des vacances de février, M. Dequille a commencé à nous en parler :

— Attention, on va bientôt entrer dans la quinzaine des contrôles ! Et vous le savez : les contrôles du mois de mars sont DÉ-CI-SIFS pour le passage dans la classe supérieure !

Quand il dit « DÉ-CI-SIFS », il laisse sa bouche ouverte longtemps et ses dents du haut se piquent dans sa lèvre du bas, un peu comme des dents de vampire. En général, dans ces moments-là, il fixe ceux qui travaillent le plus mal, c'est-à-dire moi. Je suis habituée. Ça ne me fait pas peur. Mais cette fois-ci, il a regardé aussi Martial, qui travaille moins mal que moi, mais de plus en plus mal quand même.

— N'est-ce pas, Martial Pistalou ! Tu aimerais rester une année de plus dans ma classe ? Tu as vraiment envie de m'accompagner jusqu'à la retraite ?

Martial est devenu tout blanc, presque transparent.

— Euh... Oh... non... non... m'sieur !

On aurait dit qu'il allait se jeter aux genoux du maître en criant : « Pitié, pitié ! »

À la récré, Martial était moins blanc, plutôt gris. Il se tenait recroquevillé contre la grille de Charlemagne.

— T'as entendu ce qu'il a dit ?

— Faut pas t'en faire pour si peu. Moi, j'entends ça chaque année et regarde : je suis toujours là !

— Toi, ils osent pas te faire redoubler à cause de ta mère !

— Tu rigoles ? Elle est gardienne, ma mère, pas directrice ! Ils disent ça pour nous faire peur, c'est tout. C'est pas grave...

— Pas grave ? T'imagines... Si tout le monde passe et que, moi, je me retrouve coincé dans la classe de M. Dequille avec des petits minus genre Delphine Lesueur ou Kévin Petirot ? Merci bien !

— Calme-toi, je te dis ! Et puis d'abord, si t'es si inquiet, tu n'as qu'à réviser...

J'aurais mieux fait de me taire. Martial devait être vraiment inquiet parce qu'il s'est mis à réviser comme un fou. Comme les pires premiers de la classe, Jean Germain ou Chloé Jambier qui panique à la moindre petite menace d'interrogation écrite. (Avec M. Dequille, ça ne vaut pas la peine de paniquer : les interros, il en parle toujours, mais il ne les fait presque jamais. À mon avis, il a la flemme de les corriger. Pour les contrôles, c'est différent, il n'a pas le choix. Et nous non plus...)

Le matin avant la classe, pendant les récrés, avant la cantine, pendant la cantine, après la cantine, Martial révisait... Le soir, quand je passais à l'épicerie (le père de Martial a une épicerie pas loin de chez moi, j'adore y aller), il me demandait de lui faire réciter. (Remarquez, comme ça, au moins, j'apprenais un peu...) Même ses blagues ne l'intéressaient plus. (Martial collectionne les blagues, il les copie dans des cahiers. Normalement, c'est sa passion.) Quand j'essayais de lui en parler pour changer un peu de sujet, il me répondait qu'il n'avait pas le temps de s'occuper de ça pour le moment, qu'il préférait travailler. À force, j'ai commencé à m'inquiéter, moi aussi. Et si c'était lui qui passait et moi qui redoublais ? Le dimanche d'avant le premier contrôle, je me suis mise à réviser ma géographie en regardant la pluie tomber sur le casque de Charlemagne... J'ai même demandé à Benjamin de me faire réciter.

Ce lundi-là, c'était le 23 mars, je me souviens, il ne pleuvait pas, pour une fois. Il y avait même un peu de soleil et, en passant le long de la grille qui sépare le primaire du collège, il m'a semblé apercevoir un ou deux bourgeons sur les cerisiers. (Dans la cour du collège, là où, nous, on a Charlemagne, eux, ils ont trois super-cerisiers. Les élèves du collège, en juin, ils se goinfrent de cerises. Nous, on n'en voit jamais la couleur parce que la grille est toujours fermée. C'est dégoûtant.)

Dans la classe, ça sentait le bois, la gomme et la cire. (Simone et Melinda, les femmes de ménage, cirent les tables une fois par mois. Elles avaient dû passer par là...)

La plupart des copains avaient leur cahier de géo à la main et certains étaient en train de réviser. Moi, pour une fois que j'avais appris et même récité ma leçon, je me sentais plutôt tranquille.

M. Dequille est arrivé. Il avait sa tête des pires lundis, sa tête de requin carnassier. À part ses dents de vampire, M. Dequille ressemble un peu à un poisson, je trouve. C'est peut-être à cause de ses lunettes qui lui font des gros yeux comme s'il était derrière la vitre d'un bocal. Le lundi, il est toujours de mauvaise humeur. Après, au fur et à mesure de la semaine, ça s'arrange un peu. Le mardi, il ressemble plutôt à un mérou. En fin de semaine, à un thon ou à un brochet...

Le calendrier des contrôles qu'on avait copié sur nos agendas, le samedi avant de partir, était resté écrit au tableau. Géographie lundi 23 mars. Français jeudi 26 mars. Maths le lundi d'après. Et ainsi de suite, un contrôle tous les trois jours, comme les sportifs qui sautent des haies. (J'aimerais mieux passer la quinzaine à sauter des haies qu'à faire des contrôles, mais on ne me demande pas mon avis, c'est bien dommage...)

M. Dequille a posé son blouson sur sa chaise.

— Installez-vous. Prenez une feuille de copie double. Nous allons commencer par le contrôle de géographie.

À ce moment-là, quelqu'un a frappé trois petits coups et la porte s'est ouverte. Mme Nervos, la directrice, est entrée. Elle souriait. On s'est regardés, étonnés. Quand Mme Nervos ouvre la bouche, c'est plutôt pour crier, d'habitude, vu qu'elle s'énerve dès que quelque chose ne va pas et qu'il y a toujours des tas de choses qui ne vont pas. Elle n'était pas seule. Un grand jeune homme la suivait (sa tête touchait presque le haut de la porte), blond, beau, en costume gris et cravate. (La seule fois où j'ai vu M. Dequille avec une cravate, c'est le jour où l'inspecteur est venu. Sinon, il a toujours le même pull marron, le même jean, les mêmes chaussures de sport...)

— Bonjour, monsieur Dequille, bonjour, les enfants ! a lancé la directrice. Aujourd'hui, il arrive quelque chose dans votre classe. Ou plutôt quelqu'un ! Je vous présente Édouard Ledoux, un futur enseignant que nous avons la chance de recevoir à l'école des Cloches en tant que stagiaire, et qui va finir l'année scolaire avec nous !

Les joues du grand blond ont rosi. Il tortillait la poignée de son cartable entre ses mains. Malgré sa taille, il me faisait penser au nain Timide dans l'histoire de Blanche-Neige. (Mme Nervos ne ressemble pas vraiment à Blanche-Neige, plutôt à la Méchante Reine, mais bon, passons...)

— Co... com... comment ça ? a dit M. Dequille en remontant ses lunettes sur son nez.

Au lieu de répondre, Mme Nervos a pris le grand blond par le bras.

— Monsieur Ledoux, je vous présente le plus chevronné de nos enseignants, Gérard Dequille, qui enseigne depuis... Depuis combien d'années enseignez-vous, Gérard ?

M. Dequille n'a pas répondu non plus à la question de la directrice. Il a juste dit :

— « ... finir l'année scolaire avec nous ! » Vous voulez dire... dans ma classe ?

Le sourire de Mme Nervos s'est élargi.

— Allons ! ne faites pas le modeste, répondez à ma question : vous enseignez depuis vingt-cinq ans ? Depuis trente ans ?

— Vingt-neuf, a marmonné le maître entre ses dents.

D'un geste du menton, il a montré le stagiaire :

— Il va être là... jusqu'en juin ?

Mme Nervos a éclaté de rire comme si c'était la meilleure de l'année.

— Eh oui, depuis vingt-neuf ans, vous devez savoir que l'année scolaire se termine en juin, cher Gérard, ha ha ha !

— Mais ce... ce n'était pas prévu... Je n'ai pas été prévenu...

— Prévu, imprévu, quelle importance ! Si j'avais eu le plaisir d'apprendre plus tôt la venue d'Édouard

Ledoux, je vous l'aurais fait savoir. L'essentiel est qu'il soit là et heureux d'être là ! Tout comme nous sommes heureux de l'accueillir !

M. Dequille n'avait pas l'air heureux du tout. Nous, si. Surtout que le stagiaire arrivait pile-poil pour retarder le début du contrôle...

— Hé ! M'sieur ! Il viendra avec nous en gym ? a lancé Jacky Paratini qui est toujours le premier à parler quand le maître ne lui demande rien et le dernier quand il l'interroge...

M. Dequille a marché vers Jacky comme s'il allait le baffer. Mais il s'est arrêté au dernier moment pour se tourner vers la directrice.

— Et... où je vais le mettre, moi, ce... ce... ce...

— Ce stagiaire ! a répété Mme Nervos, sourcil froncé.

— À côté de moi, ici, y a personne ! a gesticulé Jacky qui est tout seul au dernier rang.

— Silence ! a crié M. Dequille en balayant la classe d'un œil super-carnassier. Encore que... Pourquoi pas ? Si ça pouvait faire tenir Paratini tranquille, ce serait déjà quelque chose !

La directrice a répondu sèchement que le rôle du stagiaire n'était pas de faire la discipline et elle a demandé à Paul, le plus costaud de la classe, de l'aider à dégager la table libre à côté de Jacky pour la mettre au premier rang. Quand le stagiaire s'est assis, il était tellement grand qu'il bouchait la vue à tous ceux qui étaient derrière lui. Ils ont reculé la table, de rang en rang. Mais chaque fois qu'ils la posaient, quelqu'un criait : « Hé ! Je vois plus rien ! » et tout le monde répétait : « On voit plus rien ! On voit plus rien ! », même ceux qui étaient de l'autre côté. Ça ressemblait à un jeu de cache-cache géant. On rigolait bien (sauf M. Dequille). En plus, on gagnait plein de minutes sur le contrôle de géo. Au bout d'un moment, Mme Nervos a dit :

— Je crois qu'il vaudrait mieux qu'on installe Édouard sur l'estrade !

M. Dequille a eu comme une espèce de hoquet.

— À ma place ?

— Mais non, à côté ! Il y a largement assez d'espace pour deux !

3

Quand la directrice est partie, le grand blond a tourné un moment autour de la petite table sur l'estrade (les tables des élèves sont plus petites que des tables normales) en continuant à triturer la poignée de son cartable. Il avait l'air tout gêné.

— Eh bien, asseyez-vous ! a grogné M. Dequille.

À ces mots, le stagiaire s'est assis aussi vite que s'il jouait à chat perché. Il a posé son cartable à ses pieds tout délicatement, on aurait dit qu'il y avait une bombe dedans. Il a replié ses immenses jambes mais ses genoux dépassaient au bout. À mon avis, pour qu'elles rentrent entièrement, il aurait fallu les plier en trois. Le maître nous a regardés d'un œil de requin affamé.

— Bon, assez perdu de temps... Maintenant, le premier qui bouge, punition !

Le seul qui a bougé, c'est le grand blond. Il a hésité

une ou deux fois, puis il a levé le doigt. M. Dequille a froncé les sourcils, l'air pas content :

— Qu'est-ce qu'il y a ?
— J... J... J...

C'était la première fois qu'on entendait le son de la voix d'Édouard Ledoux. Une petite voix fluette, timide, aigrelette, genre les premiers oiseaux qui chantent, au printemps, dans les bois.

— J... J... J...

M. Dequille pianotait sur le bord du tableau, comme pour compter les secondes qui passaient.

— Ouiiii...
— J... J... Je n... n... ne v... v... voudrais pas déranger !

La fin de la phrase est sortie d'un coup, une vraie poignée de cailloux.

— Merci, c'est fait ! a lâché M. Dequille en s'installant à son bureau.

Le stagiaire a baissé la tête comme si sa tête était un clou et que le maître venait de taper dessus. M. Dequille s'est mis à fouiller dans ses papiers.

— Je me demande si nous allons y arriver, ce matin !

Il n'est pas allé plus loin. Toc toc toc. La porte s'est ouverte et la directrice est apparue dans l'encadrement :

— C'est moi ! Tout va bien ?

Si elle avait posé la question à M. Dequille, c'est sûr, il aurait répondu non. Mais elle parlait au stagiaire. Elle s'est approchée de lui, tout sourires :

— Tout va bien, Édouard ? ne soyez pas intimidé. Vous permettez que je vous appelle Édouard ?

Le grand blond regardait M. Dequille en biais. Ses joues roses sont devenues rouges comme des pommes. Il a fait un mini-signe de tête qui pouvait vouloir dire oui aussi bien que non... La directrice s'est tournée vers M. Dequille, qui ressemblait à un soldat montant la garde, debout, bras croisés, l'air buté.

— Je me demandais... Vous ne manquez pas de craies, au moins ?

— Merci ! Non ! Ce dont nous risquons de manquer, c'est de temps. Nous avons un contrôle de géographie à faire, ce matin !

Mme Nervos a reculé jusqu'à la porte, tout sourires :

— Ah ! très bien, je vous laisse, je vous laisse...

— SILENCE ! a crié le maître alors qu'on n'entendait rien d'autre que les pas de la directrice qui s'éloignaient dans le couloir. Vous avez tous une copie double ? Je distribue les sujets !

Il est descendu de l'estrade, une pile de feuilles à la main. J'étais en train de me demander s'il allait en donner une au grand blond quand j'ai reconnu la voix de Jacky :

— Hé, m'sieur ! Il est 9 h 17 !

— Et alors ?
— Le contrôle, vous allez le raccourcir ?
— Qu'est-ce qui te prend, Paratini ?
— Hé, mais à 10 heures, c'est la récré !
— La récré ! On n'a rien fichu depuis ce matin et tu oses me parler de récréation ! Vous allez faire votre contrôle en une heure comme prévu et tant pis pour la récréation !

Une vague de protestations a soulevé les rangées. Le maître distribuait ses feuilles comme si de rien n'était.

— Oh nooooon ! M'sieueur ! C'est dégoûoûtant ! Trop z-injuste !

Brusquement, il s'est arrêté.

— Qui a dit ça ?
— Quoi ?
— Ce que je viens d'entendre ! À propos d'INJUSTE !

À mon avis, c'était Chloé Jambier ou Hedwige Tarin. Mais M. Dequille avait l'air tellement fâché qu'elles n'ont pas osé se dénoncer. Chloé a plongé le nez dans la cartouche de son stylo et Hedwige s'est mise à inspecter la semelle de ses chaussures. Sur l'estrade, chaque fois que le maître élevait la voix, les paupières du stagiaire tremblotaient comme des papillons affolés.

— J'en ai assez de le répéter ! Est-ce que le mot injuste commence par un Z, par hasard, Paratini ?
— Euh... oui !
— NAN ! Vous me le copierez trente fois, toute la classe ! Comment écrit-on TROP ?
— T.R.O.P. ! s'est écrié Jean Germain, TROP content de faire son gros chouchou incollable.
— Allez, vous énervez pas, m'sieur ! a lancé Jacky.
(Moi qui ne suis pas peureuse, là, franchement, j'aurais pas osé...)
— JE NE M'ÉNERVE PAS ! JE DISTRIBUE LES SUJETS DE CONTRÔLE ET JE NE VEUX PLUS ENTENDRE UNE MOUCHE VOLER, PIGÉ ?

On n'a entendu aucune mouche. On a entendu TOC TOC TOC. Ce n'était pas une blague. C'était Mme Nervos, un rouleau à la main.
— Je viens de retrouver cette affiche. Je l'avais sur mon bureau depuis des semaines...
— VOUS NE POUVIEZ PAS LA GARDER ENCORE UN PEU ? a rugi M. Dequille.
— C'est... c'est une affiche sur l'hygiène dentaire... a bredouillé la directrice.
— L'hygiène dentaire ! Alors que je viens de distribuer les sujets de contrôle de géographie ! À 9 h 33 ! Je craque ! Tout est à recommencer ! Rendez-moi les feuilles immédiatement ! Le contrôle est reporté ! Je vous préviens, vous ne perdez rien pour attendre !

4
RUMEURS SUR LA COUR

— Alors, là, j'ai jamais vu ça !
— M. Dequille ! Comment il s'est énervé ! Même le jour où Marie Béret a lâché une souris dans la classe, il n'avait pas autant la rage...
— Ni le jour où Paul Colinot a renversé son pot de miel sur les dictées...
— Et la directrice ! Comment elle s'est *pas* énervée ! Comment elle souriait, je le crois pas !
— T'as raison !
— Même le jour où Mme Cruchon est partie à la retraite, elle était pas d'aussi bonne humeur...
— Ni le jour où on lui a offert le vingt-quatrième volume de son encyclopédie...
— Ni le jour où le maire est venu inaugurer la salle polyvalente...

Après cette incroyable matinée, Martial, Jacky, Solange et moi, on discutait dans la cour de récré, quand Solange a pris son petit air supérieur, une main sous le menton et les yeux plissés, pour murmurer :

— Moi, je sais ce qu'elle a, Mme Nervos !

On s'est rapprochés :

— Qu'est-ce qu'elle a ?

— C'est le stagiaire !

— Quoi, le stagiaire ?

— Le stagiaire ! Vous comprenez pas ? Elle veut lui plaire !

— Lui plaire, tu veux dire qu'elle l'aime ? s'est exclamé Martial comme s'il criait au loup.

Solange a mis un doigt sur sa bouche.

— Chhhut ! Ce que vous pouvez être lourds !

— Et toi ! Ce que tu peux être obsédée !

J'aime bien Solange. Depuis le CP, c'est ma copine préférée. On se raconte (presque) tous nos secrets, on se prête nos affaires, on partage (presque) tous nos bonbons et parfois notre goûter. Elle a toujours l'air contente de me voir, même quand je lui demande de m'aider pour l'école. (Elle travaille bien et moi, mal. C'est pratique, en un sens. Enfin, surtout pour moi...) Elle a juste un défaut : elle aime trop les histoires d'amour. À force d'en voir à la télé, elle finit par en voir partout.

— Vous avez pas vu comment elle le regardait ? Comment elle lui parlait ? Comment elle est revenue dans la classe, une fois, deux fois, trois fois, juste pour le voir...

— Non. La troisième fois, c'était pour mettre son affiche... a dit Jacky.

— Tu parles ! Son affiche, c'était un prétexte !

— Un quoi ? a demandé Martial.

— Un prétexte ! Une fausse raison !

— Mais t'as vu l'âge qu'il a, le stagiaire ? Mme Nervos pourrait être sa mère !

— Et alors ? Ça n'empêche pas ! a expliqué Solange. Je te ferai savoir que dans *Amour à mort* (son feuilleton préféré), avant de se marier avec Jason, Cindy était amoureuse d'un homme de soixante-sept ans. Alors qu'elle en a vingt-trois !

— D'accord, mais là, c'est l'inverse ! Et encore, à mon avis, le stagiaire a même pas vingt-trois ans...

— Il n'y a pas d'âge pour l'amour, Lison ! Et d'abord, la directrice peut être amoureuse de lui sans qu'il soit amoureux d'elle...

— En plus, elle est mariée, Mme Nervos ! a dit Jacky en commençant à faire tourner son ballon sur le bout de son pied.

— Mais non, elle est pas mariée ! Elle veut qu'on l'appelle Madame, mais c'est juste pour faire chic, pour pas qu'on sache qu'elle est vieille fille !

— Non !?! C'est pas vrai !?!

Jacky a été tellement étonné de cette nouvelle qu'il en a lâché son ballon. Martial en a profité pour le piquer et il s'est mis à l'embrasser comme si c'était son amoureuse.

— Mmm... Smack... Smack... Je t'aime... Comment il s'appelle, le stagiaire, déjà ? Ah oui, Édouard ! Smack... Édouard, mon chéri...

Soudain, Solange l'a tiré en arrière.

— Gaffe, Martial ! Arrête ! Arrêêête !!

Je me suis retournée, persuadée que la directrice arrivait. (Elle fait souvent un petit tour d'inspection pendant les récréations.) Mais non. C'était le stagiaire. Il essayait de traverser la cour sans recevoir un ballon, les mains en avant pour se protéger, guettant de tous les côtés, comme un promeneur perdu au milieu d'un champ de bataille...

— Bonjour, m'sieur ! lui a lancé Martial.

Le stagiaire nous a souri. Il avait l'air moins intimidé que le matin. En le voyant s'approcher, plusieurs copains se sont arrêtés de jouer pour venir voir ce qui se passait.

— Alors, c'est vrai que vous allez rester dans notre classe ?

— Hé ! Vous nous aiderez pour les contrôles ?

— Pourquoi vous faites « J... J... J... » comme ça, c'est pour rigoler ?

— Vous mangerez avec nous à la cantine ?

— Vous vous appelez vraiment Édouard ?
— Quel âge vous avez ?
— Vous voulez un peu de sandwich aux rillettes ? C'est mon père qui les fait !

(Ça, c'était Paul Colinot. À chaque récré, il mange un sandwich...)

En deux minutes, le stagiaire était cerné de tous les côtés. Il ne savait plus où donner de la tête, comme on dit. Surtout que Claudie Fleury est venue nous rejoindre aussi. C'est la maîtresse de CE1. Quand j'étais dans sa classe, je l'adorais. Maintenant, j'ai un peu l'impression que j'ai grandi et qu'elle a rapetissé. Avec ses cheveux blonds bouclés et ses yeux bleus écarquillés, elle ressemble à une poupée. Quand elle parle, c'est encore pire. Elle a exactement la voix des poupées de Solange. (Solange a toute une collection de poupées qui parlent. Moi, je n'aime pas trop les poupées. Je n'en ai qu'une, elle ne parle pas et, d'ailleurs, je ne sais même pas où elle est passée...)

— Bonjour ! a dit Claudie Fleury, la bouche en cœur. Vous êtes un nouveau collègue ?

J'ai donné un coup de coude à Solange et je lui ai glissé à l'oreille :

— Regarde ! Tu crois pas que c'est plutôt Claudie Fleury qui est amoureuse du stagiaire ?

Solange n'a pas plus eu le temps de me répondre

que le stagiaire à Claudie. À cet instant, Mme Nervos est apparue à la fenêtre de son bureau et elle a crié :

— Édouard ! Venez me voir, s'il vous plaît, j'ai à vous parler !

Solange m'a donné un coup de pied.

— Qu'est-ce que je disais ? La directrice ne veut pas laisser son chéri discuter avec Claudie. Tu sais comment ça s'appelle ? De la jalousie !

— E... E... Excusez-moi ! a bafouillé le stagiaire.

Il a filé rejoindre la directrice. La fenêtre du bureau s'est fermée. La porte aussi. (Je le sais. Je suis allée rôder dans le couloir pour vérifier...) Ils ont discuté un moment à voix basse, on ne pouvait rien entendre. Puis la porte du bureau s'est rouverte. (Là, j'ai failli me faire pincer, heureusement que je suis petite et que je cours vite.) Ils ont traversé le couloir, le préau, la cour. Mme Nervos a débloqué la grande porte, et ils sont sortis dans la rue.

— Ils s'en vont ! a soufflé Solange.

— Ils reviennent ! a dit Martial deux secondes après.

C'était vrai. La directrice a tenu la porte et le stagiaire est apparu, poussant un vieux vélo noir. Avec son grand sourire, elle lui a montré Charlemagne et, sous nos yeux écarquillés, il a accroché son vélo à la grille qui entoure la statue.

— Ça alors !

— Elle lui permet d'accrocher son vélo à Charlemagne !

— Elle qui nous tue si on la touche, sa foutue statue !

— Et vous vous souvenez, l'ancien surveillant, M. Pomec ? L'histoire des tags ?

— Comment elle l'avait allumé, avec son vélo, celui-là !

— Incroyable...

Incroyable, mais vrai !

En revenant vers son bureau, Mme Nervos s'est arrêtée devant nous. Elle ne souriait plus du tout.

— Et alors ? Vous n'avez jamais vu une bicyclette ? Allez, mettez-vous en rang, ça va sonner !

Le reste de la journée, on n'a plus entendu parler de rien. De rien de rigolo, du moins. Le grand blond s'est fait tout petit. Mme Nervos n'est pas revenue de l'après-midi. Quant à M. Dequille, il nous a collé une dictée-surprise, douze opérations-surprise et une interro-surprise en conjugaison. Merci pour les surprises !

— Et le contrôle de géographie, c'est quand ? a demandé Jean Germain comme si ça ne suffisait pas.

M. Dequille a regardé Jean avec des yeux furibards (c'est rare).

— Je vous ai dit ce matin que vous ne perdiez rien pour attendre. Tu sais ce que ça veut dire : « attendre » ? Alors tu prends ton agenda et tu te tais. Je vous donne le travail pour mardi.

— Mardi ! Mais c'est demain ! ! a crié Jacky comme s'il allait pleurer.

Pour la première fois de la journée, M. Dequille a souri.

— Absolument, Paratini ! Excellente remarque, pour une fois !

— Mais on en a déjà, du travail, pour demain ! a gémi Martial.

— Absolument, Pistalou ! Et vous allez en avoir encore plus ! Et si tu continues à discuter, je vous en donne encore plus que plus, ça vous dirait ?

— Oh non, m'sieur ! Oh non !

Tout le monde a eu beau se tortiller, M. Dequille ne s'est pas laissé attendrir. Il nous a donné tellement de travail que ça ne tenait même pas sur une page d'agenda : on a tous fini de le copier à la page du dimanche suivant. Sauf Chloé Jambier qui écrit tout petit. On était encore en train d'écrire quand ça a sonné. D'habitude, Jacky proteste, mais là, il n'a pas moufté. Le soir, comme on avait enfin récupéré notre télé réparée, j'avais prévu de regarder *Amour à mort*, le feuilleton adoré de Solange. (Notre télé est restée cassée pendant des semaines et des mois. Papa et maman avaient décidé de la laisser comme ça. Mais il y a eu le championnat du monde de pêche à la ligne, alors papa s'est enfin décidé à la faire réparer.) Même en bâclant mes devoirs, je n'ai pas fini à temps. Quand j'ai allumé la télé, le générique de fin était en train de passer.

C'est le lendemain, en ouvrant mes volets, que j'ai eu le premier choc. (On habite une petite maison à l'entrée de l'école, les chambres donnent sur la cour...) Sous le ciel gris, sur le ciment gris, j'ai entendu un bruit de claquement et j'ai vu passer une tache rose. Le temps que je me frotte les yeux, la tache avait disparu.

— Il fait beau ? a grogné Benjamin, mon grand frère, en se tournant vers le mur.

(Chez nous, il y a deux chambres pour trois enfants alors on change, surtout moi. Je dors soit avec mon grand frère, soit avec le petit, ça dépend de beaucoup de choses. Ce jour-là, par exemple, comme Benjamin avait des chewing-gums, j'ai dormi avec lui...)

— Attends, j'ai vu un truc très bizarre !

Benjamin s'est assis sur son lit en se frottant les yeux, lui aussi.

— Quoi ?
— Je sais pas, un truc rose, là, dans la cour.
— Un truc rose !?! Mais quel genre de truc ?
— ...
— Ça bougeait ?
— Forcément, puisque ça y est plus !
— Ça ressemblait à quoi ? Un oiseau ? Un cochon ? Un avion ?
— Non...
— Quelqu'un ?

— Peut-être... Tiens ! Tiens ! Viens voir ! Derrière la vitre, là-bas, on dirait que ça bouge !

Benjamin s'est levé pour venir me rejoindre à la fenêtre.

— Où ça ? Je vois rien !

— Là-bas ! Troisième fenêtre après le préau ! ! Ça bouge encore, c'est une personne ! Quelqu'un est entré dans l'école !

Benjamin a ouvert son armoire et en a sorti ses jumelles. Mon frère a un tas de trucs techniques. Il fait même collection de maquettes d'avion. D'habitude, je me paie sa tête, mais là, pour une fois, je l'aurais embrassé.

— Ouais ! Génial ! On va pouvoir l'observer !

Benjamin s'est penché vers moi.

— Tu permets ? *Je* vais pouvoir l'observer !

Il a ajusté les jumelles devant ses yeux et, tout de suite, il a commencé à rigoler.

— Qu'est-ce qu'il y a ?

Au lieu de me répondre, il se gondolait.

— Ouah ! Je rêve ! Non, mais je rêve !

Si j'avais été assez grande et assez costaud, je lui aurais arraché les jumelles des mains, mais malheureusement, ce n'est pas le cas.

— Passe les jumelles, Benjamin ! C'est moi qui l'ai vu la première ! Passe, je te dis !

— Ha ha ha... ! Tu devineras jamais... Ha ha ha... !

— Je veux pas deviner, je veux voir ! Passe ! Allez, passe !

— Les enfants ! Venez prendre votre petit déjeuner !

C'est seulement quand maman nous a appelés que Benjamin a fini par me passer les jumelles. Là, le deuxième choc m'a coupé le souffle. La tache, c'était la directrice. J'ai tout de suite reconnu son nez pointu. Pour le reste, elle était méconnaissable. À la place de ses éternels chemisiers blancs ou gris, elle avait mis une veste rose, aussi rose que les pétunias sur le rebord de la fenêtre de la cuisine. Et ses cheveux ! Au lieu d'être châtain-gris coiffés en arrière, ils étaient jaunes et frisés tout autour de la tête...

— Ma parole ! On dirait un mouton qui aurait plongé la tête dans un pot de peinture fluo !

Benjamin n'a pas répondu. Je me suis retournée. Il était déjà descendu.

— Vite ! Lison ! Ça va être froid et tu vas être en retard ! a appelé la voix de maman dans l'escalier.

— J'arrive ! J'arrive !

Tout en trempant mes tartines dans mon chocolat, je ne pouvais pas m'empêcher de surveiller l'école et la cour, au cas où Mme Nervos réapparaîtrait...

— Regarde ce que tu fais, Lison, tu en mets partout ! C'est dégoûtant ! m'a grondé maman.

— Digoutant, Yson ! a répété Alfred, comme en écho.

(Il peut parler, lui qui met toujours plus de confiture sur la nappe que dans sa bouche...)

— Tu sais quoi, maman ? Mme Nervos, ce matin, elle a complètement changé ! Elle a un tailleur rose pétunia et des cheveux jaunes tout frisés !

Maman a soupiré.

— Très drôle ! Le 1er avril et les poissons, c'est dans huit jours, je te signale, Lison !

— Tu me crois pas ? Tu veux parier ?

— Non, je ne veux pas parier. Je voudrais que tu termines ton petit déjeuner et vite, parce qu'il est le quart passé...

Ça m'énerve que personne ne me croie jamais. Martial dit que c'est parce que je raconte trop souvent des bêtises. Mais quand je dis des choses vraies, on me croit encore moins ! C'est décourageant ! Évidemment, à huit heures et demie, dans la cour, quand j'ai raconté le nouveau look de la directrice, les copains m'ont prise pour une folle.

— Mme Nervos en tailleur rose... C'est ça ! Et l'inspecteur en maillot de bain, pendant que tu y es !

— Frisée comme un mouton... Ben voyons ! Et mon père, il pilote un ovni, aussi !

— Et Claudie Fleury, elle a gagné les jeux Olympiques de saut à la perche, hein ?

La seule qui m'a un peu écoutée, c'est Solange. Elle a voulu que je lui détaille la coiffure de Mme Nervos comme si je répondais à une enquête de police. Vu que tout le monde rigolait autour, je ne pouvais plus parler. Là-dessus, le stagiaire est arrivé en poussant sa bicyclette. Il avait à peine défait le cadenas pour l'attacher à la grille de Charlemagne que Fernand Moubel, le surveillant, a marché ou plutôt couru jusqu'à lui.

— Hep là ! Monsieur ! Non non non ! Pas de vélo dans la cour.

— M... M... Mais... J... J... J...

Le temps qu'Édouard Ledoux explique que la directrice lui avait donné la permission, Mme Nervos en personne est sortie par la porte du préau. En quelques secondes, le silence s'est abattu sur la cour comme quand une star entre en scène. Les ballons, les billes, les élastiques, tout s'est arrêté. On a retenu notre souffle. La directrice, qui fonce d'habitude tel un TGV dans ses souliers plats, tenait à peine debout sur ses escarpins roses à talons pointus. À chaque pas, elle semblait près de tomber. On aurait dit un flamant rose sur un tapis roulant. Elle a voulu presser le pas, comme si tout était normal. En arrivant devant Édouard, sa cheville s'est tordue. Ça m'a fait penser au parapluie de maman, la fois où on s'est promenés au bord de la mer un jour de tempête.

— Aïe !

La directrice a trébuché. Le stagiaire s'est précipité. Elle s'est accrochée à son bras comme une noyée à une bouée.

— Vous vous êtes fait mal ?

Elle grimaçait de douleur.

— Non non, ça va, merci Édouard, tout va bien !

— Elle fait exactement comme Cindy dans *Amour à mort*, le jour où le demi-frère de Jason lui a foncé dessus avec son camion pour essayer de l'éliminer de l'héritage de Samantha... m'a glissé Solange à l'oreille.

Mme Nervos s'est tournée vers le surveillant :

— Fernand ! Laissez M. Ledoux accrocher sa bicyclette ! Il a une autorisation spéciale...

Sans lâcher le bras du stagiaire, elle a posé son pied par terre, en se forçant à sourire.

— Merci, Édouard, vous êtes un amour...

Mme Nervos a traversé toute la cour, appuyée sur le bras du stagiaire. On les regardait, aussi étonnés que si un couple de dinosaures nous était passé sous le nez.

— Alors là, j'en reviens pas... s'est écrié Martial.

Solange se dandinait avec un sourire de triomphe.

— Vous avez entendu ce qu'elle lui a dit ? Elle l'a appelé « amour » ! Ça vous suffit ? Quand je vous dis qu'elle est folle de lui ! Peut-être que vous allez commencer à me croire !

— Moi, je dirais même qu'elle est folle tout court ! a murmuré Jacky.

Le couple de l'année avait à peine disparu derrière la porte du bureau de la directrice que M. Dequille est arrivé pour nous chercher. À son premier mouvement de sourcils, on a senti qu'il était dans un jour de requin-super-carnassier et qu'on avait intérêt à nager droit.

On est montés, aussi vite et aussi serrés qu'une colonie d'anguilles devant les filets d'un chalutier.

— M. Ledoux ne vient pas, aujourd'hui ? a demandé le maître avec un sourire narquois pendant qu'on s'installait. (« Narquois », je l'ai appris hier soir au dîner avec papa et son dictionnaire, ça veut dire « moqueur et rusé ».)

Au même moment, Hedwige Tarin est entrée.

— Eh bien, Hedwige, ne te presse pas, surtout... a grogné M. Dequille.

Elle a dit qu'elle n'avait pas vu le rang dans la cour. (Il faut dire qu'elle ne voit pas grand-chose...) Nous, en revanche, on a bien vu le stagiaire arriver en courant derrière elle. M. Dequille a tapoté sa montre d'un air encore plus narquois.

— 8 h 37... De mieux en mieux...

— Ex... Ex... Ex... a fait le grand blond comme s'il allait éternuer.

— D'accord, on a compris, vous vous excusez ! Ce n'est pas une raison pour nous retarder davantage !

Édouard Ledoux a rougi et s'est dépêché de s'asseoir.

— BIEN ! a lancé M. Dequille d'un ton qui voulait plutôt dire : « MAL » !

Il nous a tourné le dos pour faire face au tableau. Il a d'abord écrit : *Contrôle de Géographie*.

En dessous, il a fait un tiret et il a marqué :

– *Carte de France des fleuves et de leurs affluents.*
Un autre tiret et :
– *L'évolution géologique du Massif central à l'ère tertiaire.*
Encore un tiret et :
– *Les climats en...*
Là, Jacky a demandé :
— Mais m'sieur ! Vous nous distribuez pas des feuilles ?
M. Dequille ne s'est même pas retourné.
— Paratini ! Première question bête de la journée ! Je te rappelle tes notes de géographie depuis le début de l'année : 2, 3, 2. Que les questions soient au tableau ou sur une feuille, contente-toi d'essayer d'y répondre correctement. Ce sera déjà extraordinaire !
Et il s'est remis à écrire :
– *Les climats en Europe.*
— Mais m'sieur ! Les climats, c'est au début de l'année qu'on les a étudiés ! a protesté Chloé Jambier.
— Et alors ? Vous n'êtes pas censés oublier vos leçons au fur et à mesure ! Ce que vous apprenez doit rester gravé ici, pour la vie, mademoiselle Jambier ! a expliqué le maître en tapant sa main sur son front.
Au fur et à mesure que le tableau se recouvrait, tout le monde s'est mis à paniquer. Même Jean Germain a demandé si les questions étaient au choix ou s'il fallait répondre à toutes. M. Dequille a haussé les épaules :

— Tu t'y mets aussi, aux questions bêtes, Jean ?

Assis sur sa petite chaise, le stagiaire regardait tour à tour le tableau, le maître et nous. Sa tête penchait. Il nous souriait. On aurait dit qu'il avait pitié...

— C'est... C'est... C'est dur, tout de même ! il a murmuré quand M. Dequille a posé sa craie.

— Comment ? a rugi le maître.

— Je... Je... Je disais : c'est dur, t... t... toutes ces questions ! a répété le stagiaire, un ton en dessous.

— Jeune homme, abstenez-vous de vos commentaires, je vous prie ! Jusqu'à nouvel ordre, dans cette classe, il n'y a qu'un seul maître et ce maître, c'est MOI !

Tout le monde a baissé le nez, le grand blond en premier. Il y a eu quelques chuchotements. M. Dequille a tapé du pied à en faire trembler l'estrade.

— SILENCE ! Le premier que j'entends parler, moins deux points ! C'est compris ?

Il s'est assis. Il a pris son feutre rouge et il s'est mis à corriger le paquet de copies-surprise de la veille. J'ai sorti une feuille et mon stylo. Je lisais le tableau, de haut en bas, de bas en haut... Benjamin m'a conseillé, les jours de contrôle, de toujours commencer par le moins dur. Facile à dire, pour lui qui apprend ses leçons par cœur et qui est premier de sa classe. Mais moi, ce n'est pas pareil. J'avais l'impression de ne rien savoir. Ni ce que je n'avais *pas* appris depuis le début de l'année (ça, c'est normal). Ni même ce que j'avais vaguement révisé (ça, c'est plus grave). La seule chose qui me réconfortait un peu, c'est qu'autour de moi les autres n'avaient pas l'air tellement plus inspirés que moi. Martial soufflait comme une locomotive. Chloé avait les yeux brillants, prêts à pleurer. Paul était arrêté au milieu de sa barre de chocolat, l'air dégoûté. Jacky, lui, mangeait son crayon comme si c'était une barre de chocolat... On n'entendait que le stylo de Jean Germain, qui grattait, grattait, grattait : il n'avait pas une minute à perdre pour répondre à toutes les questions. J'ai commencé à dessiner une carte de France. Elle ressemblait à un gâteau cramé...

Au bout d'un moment, le maître a levé le nez vers le stagiaire qui se tenait immobile, les mains crispées sur sa serviette.

— Si vous voulez vous rendre utile, passez donc dans les rangs pour vérifier qu'ils ne trichent pas, jeune homme !

Le grand blond s'est levé. Le parquet grinçait sous ses pas. J'essayais de corriger ma carte. Elle s'est mise à ressembler à un profil de clown. J'ai voulu gommer. Ma page s'est à moitié arrachée, toute froissée.

— Zut ! j'ai pesté entre mes dents.

J'avais envie de tout casser, de mordre mon voisin, de manger mon pupitre. Le grand blond s'est approché de moi. Il m'a mis la main sur le bras.

— Shhhttt ! Calme-toi !

— Qu'est-ce qui se passe, là-bas ? Vous trichez ! a crié M. Dequille.

Le maître s'est levé. Le stagiaire s'est reculé.

— Vous trichez ! Vous aidez Lison Deslivres !

— M... M... Mais pas du tout !

— Ne niez pas ! Je vous ai vu ! Je vous ai entendu ! Vous lui avez passé quelque chose, vous lui avez parlé !

À cet instant, TOC TOC TOC, la porte s'est ouverte. Mme Nervos est apparue, toujours sur ses escarpins, mais avec un bandage autour de la cheville et appuyée sur un parapluie. Quand M. Dequille a vu le nouveau look de la directrice, on aurait dit que ses yeux allaient sauter par-dessus ses lunettes, comme dans les dessins animés.

— Tout va bien ? a souri Mme Nervos.

Le maître a mis un petit moment à avaler sa salive avant de lancer :

— Vous arrivez pile ! Vous savez ce que fait votre stagiaire, pendant le contrôle ? Il triche, il aide les élèves !

Le grand blond est devenu rouge comme un homard cuit.

— Ab... Ab... Ab... solument pas !

— Même pas vrai ! j'ai protesté. Il m'a pas aidée ! D'ailleurs, regardez, je n'ai rien écrit ! Je n'ai fait que gommer !

Mme Nervos a boité de quelques pas sur l'estrade.
— Allons, allons, c'est un malentendu !
Le stagiaire hochait la tête, comme le chien en peluche à l'arrière de la voiture de mon grand-père.
— Il n'y a aucun malentendu ! J'ai très bien entendu, au contraire ! trépignait M. Dequille comme un enfant en colère.
— Calmez-vous, Gérard, c'est impossible !
— Comment ça : « impossible » ? Vous mettez ma parole en doute ? Vous préférez croire la petite Deslivres, dont tout le monde sait qu'elle ne raconte que des mensonges depuis la maternelle !?! C'est la goutte d'eau qui fait déborder le vase ! J'en ai assez, vous m'entendez ? Le contrôle de géographie, vous le ferez vous-même, madame la directrice, je m'en vais ! Je suis un enseignant chevronné, pas une chèvre !
En disant ça, il a effacé les questions qu'il avait écrites au tableau. Il s'agitait, le chiffon au bout du bras, comme un pantin désarticulé. Mme Nervos a essayé de s'approcher de lui, mais elle a dû avoir peur de recevoir un mauvais coup et de se retrouver à nouveau par terre. Elle n'a pas insisté. Finalement, le maître a pris son blouson, son cartable et il est parti en claquant la porte.

DÎNER POUR 7

DEUX

Après cette sortie fracassante, le sourire de la directrice s'est figé. Elle a avancé jusqu'au bureau de M. Dequille. Elle s'est assise en respirant à fond, un peu comme les champions sportifs avant un sprint ou un marathon. Le grand blond restait planté à côté de moi. Tout le monde avait l'air de se demander ce qui allait se passer.

En fait, ce qui s'est passé a été moins terrible que ce qu'on aurait pu imaginer. Quand elle a eu fini de respirer à fond, Mme Nervos a retrouvé son sourire pour expliquer qu'elle avait enseigné, elle aussi, pendant de longues années avant de devenir directrice et qu'il n'y avait pas de problèmes, seulement des solutions.
— Venez vous asseoir, Édouard ! elle a lancé au stagiaire, du même ton que si elle l'invitait à venir boire un verre.

Nous, ce qui nous inquiétait surtout, c'était le contrôle de géographie. Coup de chance, elle a juste dit que jamais deux sans trois et qu'on le ferait une autre fois, sans préciser si ce serait demain, dans une semaine ou dans un mois. Martial m'a fait le V de la victoire et Paul Colinot a terminé sa barre de chocolat. Je me suis demandé si Jean Germain allait pleurnicher pour les deux feuilles qu'il avait déjà remplies, mais il n'a pas osé. Décidément, la chance était de notre côté. Surtout qu'ensuite la directrice ne s'est pratiquement plus occupée de nous. Elle ne s'occupait que d'Édouard Ledoux pour lui expliquer, justement, comment s'occuper de nous, comment nous calmer, nous donner des exercices, nous faire copier les leçons et tout et tout. Ça m'a fait penser au jour où je suis allée à l'hôpital et où un vieux médecin a passé son temps à expliquer à des plus jeunes comment il fallait me soigner.

Le stagiaire écoutait la directrice comme si elle était une fée. Il a sorti un bloc de son cartable et a demandé s'il pouvait prendre des notes sur ce qu'elle disait.

— Mais bien sûr, Édouard, bien sûr, faites donc ! a murmuré Mme Nervos avec un petit ton de star.

Une ou deux fois, elle a voulu lui faire une démonstration sur comment nous interroger au tableau. Là non plus, pas de souci : elle a fait venir Jean Germain et ensuite Marie Béret, la deuxième meilleure de la classe. Bref, la matinée a passé aussi tranquillement qu'une sieste. L'après-midi aussi : on n'a plus vu ni la directrice ni le stagiaire. On n'est même pas remontés en classe : on a eu la plus longue récré de notre vie et, après, on est partis directement au gymnase avec Willy. (Willy Cordelisse, c'est notre prof de gym, il est super-sympa, j'en parlerai une autre fois...)

Le soir, quand je suis rentrée à la maison, la chance a continué : j'étais seule. Benjamin n'était pas encore revenu du collège et maman était partie chez le coiffeur avec Alfred. Du coup, je me suis installée devant la télé avec des tartines beurrées, des biscuits, du sirop, des cacahuètes, du chocolat, pour regarder enfin un épisode d'*Amour à mort* en entier.

Le générique venait de démarrer quand le téléphone a sonné.

— Oh nooon ! j'ai râlé, bien décidée à ne pas répondre.

Mais la personne au bout du fil a laissé sonner, sonner, sonner... J'avais beau monter le son de la télé, je n'arrivais pas à me concentrer sur ce que Cindy disait à Jason. Finalement, j'ai décroché.

— Ouais !
— C'est toi, Lison ?
— C'est qui ?
— C'est moi !

— Qui, moi ?
— Martial !
— Parle plus fort, j'entends rien !
— Je peux pas parler plus fort : je suis caché dans l'arrière-boutique !
— Tu peux me rappeler dans une demi-heure ? Je regarde *Amour à mort*, là...
— Attends, je rêve ! Tu me demandes même pas pourquoi je suis caché ?
— Euh...
— Devine qui est en train de faire ses courses, ici, à l'épicerie ?
— Euh...
— Tu devineras jamais !
— Ben alors, dis-moi, ça ira plus vite !
— Tu vas tomber à la renverse !

Je me suis assise au bord du canapé. Sur l'écran de la télé, Cindy et Jason étaient déjà en train de s'embrasser...

— Vas-y...
— La directrice ! Mme Nervos !
— Et alors ? C'est pas la première fois ! Elle fait ses courses dans votre épicerie presque tous les jours, non ?
— Oui, mais là, je peux te dire que c'est pas comme tous les jours. D'habitude, elle prend du jambon et des pâtes ou des œufs et de la purée en sachet... Alors que

là... Tu peux pas savoir ! Elle achète tout ce qu'il y a de plus cher : du champagne, du saumon, du foie gras, des asperges, du gâteau glacé, des dattes fourrées... Mon père a sorti la calculette ! (M. Pistalou, le père de Martial, est champion en additions. Il les fait presque toutes de tête...) Elle a même pris une nappe en papier doré et des bougies !

J'ai baissé le son de la télé. L'histoire de Martial commençait à m'intéresser.

— Elle est encore là ?

— Oui ! Elle discute avec Leïla : elle lui a demandé la couleur de son vernis à ongles !

(Leïla, c'est la vendeuse de l'épicerie. Elle a la passion des vernis à ongles. Elle change de couleur tous les jours...)

— Non !

— Si ! Et elle a dit à mon père qu'elle avait rendez-vous en ville...

— Rendez-vous en ville ? Elle a pas dit avec QUI ?

— Non... Mais à mon avis... Tu vois à qui je pense ?

— Je pense à la même personne que toi !

— Si ça se trouve, elle a rendez-vous CHEZ lui !

— Pour un petit dîner aux chandelles...

— En amoureux...

— Tu sais quoi, Martial ? Retiens-la dans le magasin ! Je viens et on la suit !

Avant de quitter la maison, j'ai pris l'appareil photo de papa. Je sentais qu'on avait des chances de voir des choses pas ordinaires et j'avais envie de les fixer, en images, comme un reporter. (Papa ne se sert de son appareil que pendant les week-ends et les vacances. Un mardi gris comme celui-ci, il ne risquait pas de s'apercevoir que l'appareil manquait dans son tiroir.) J'ai mis un mot sur la table de la salle à manger, pour expliquer que j'étais partie chercher le pain et demander quelque chose à Solange au sujet du travail de l'école. Entre les deux arguments, ça me laissait un peu de temps...

En passant au coin de la rue du Petit-Pont où habite Solange, j'ai pensé que je ferais mieux de la prévenir au cas où... mes parents téléphoneraient chez elle, par exemple ! J'ai fait le détour en pressant le pas.

Quand je me suis approchée de la fenêtre (Solange habite au rez-de-chaussée d'un petit immeuble de quatre étages), j'ai reconnu la musique d'*Amour à mort*. Évidemment, Solange était scotchée devant son feuilleton préféré. Mais dès que je lui ai expliqué ce qui se passait, elle n'a pas hésité : elle a éteint la télé et pris son manteau.

— Je viens avec vous ! OK ?

Je n'avais pas imaginé qu'on serait trois pour notre expédition, mais pourquoi pas ? Et de toute façon, comment dire non ?

— Tu ne préviens pas ta mère ? j'ai quand même demandé à Solange.

— Ah si, t'as raison, j'allais oublier !

Avant de claquer la porte, elle a crié :

— Maman ! Je vais chez Lison pour travailler !

— D'accord ! Pense à acheter du pain pour le dîner ! a répondu la voix de Mme Belair du haut de l'escalier...

Quand on est arrivées à l'épicerie, Martial nous attendait sur le trottoir, super-énervé.

— Mais qu'est-ce que vous fabriquez ? Ça fait une heure que je vous attends ! J'ai défait et refait le caddie de Mme Nervos au moins trois fois, en lui faisant croire que j'avais vu tomber dedans une pièce de

2 euros de son porte-monnaie... Elle a fini par dire qu'elle était pressée et elle est partie !

— Y a longtemps ?

— Trois minutes, au moins !

— Par où ?

— Par là.

Martial a indiqué la direction de la place de la Liberté. On a filé. Heureusement, on court vite. Dès la rue des Vignes, on l'a repérée. Au milieu du trottoir désert, elle traînait son caddie d'une main en s'appuyant sur son parapluie de l'autre. Nous, on progressait par bonds, sans faire de bruit, de porche en porche, en nous glissant parfois derrière un gros arbre ou un camion. Arrivés boulevard des Champions, ça a été plus facile : il y avait nettement plus de monde, on pouvait se fondre dans la foule.

— Elle va peut-être prendre un taxi ! a dit Martial.

— Si c'est ça, on est mal !

— Ou alors, elle va entrer dans un immeuble...

— Et on ne verra rien...

— On connaîtra au moins l'adresse !

— Tu parles : ça nous fera une belle jambe !

— On pourra quand même vérifier si c'est là qu'Édouard Ledoux habite...

— Édouard-doudou, Édouard-chouchou... a chanté Martial en se tortillant.

— On guettera le moment où ils sortiront...

J'ai sorti l'appareil photo de ma poche.

— Et moi, je les photographierai ! Bras dessus, bras dessous, en train de s'embrasser !

— Tu feras comme les papirazzi !

— Mais non, les paparizzo !

— Pfff ! Vous y connaissez rien, c'est les paparazzi ! a soufflé Solange avec mépris.

On en était là quand Mme Nervos a tourné à gauche dans la rue des Clous. Le temps qu'on fonce pour ne pas la perdre de vue, on a aperçu les roues du caddie disparaître derrière une porte bleue.

— Ça alors ! Elle est entrée à la piscine ! s'est écrié Martial.

Il avait raison. On s'est cachés derrière une des colonnes de mosaïque turquoise qui bordent l'entrée de la piscine municipale d'Ysjoncte. À travers le hublot de la porte, on apercevait Mme Nervos en train d'acheter son ticket.

— Ouaaah ! La directrice en maillot de bain ! a murmuré Solange surexcitée.

— Avec son doudou-chouchou ! Et on va tout voir ! Il suffit de s'installer au bar panoramique, au-dessus du grand bassin. J'y suis allé avec mon père pour voir une compétition, une fois...

— Les photos que je vais faire ! Trop trop trop un scoop !

— Hé ! s'est inquiété Martial. Mais les frisettes jaunes de la directrice, elles vont déteindre !

— Mais non, t'es nul ! a ricané Solange qui s'y connaît terriblement en cheveux. (Sa mère était coiffeuse, avant. Et même maintenant, elle va de temps en temps chez des dames pour les coiffer...) La teinture, ça tient hyper-longtemps. La seule manière de la faire partir, c'est de couper les cheveux !

— Non ? a fait Martial, tout étonné.

Mme Nervos a disparu dans le couloir marqué VESTIAIRE DAMES. On est entrés à la queue-leu-leu et on a pris l'escalier vers le bar panoramique.

— Hep ! Où allez-vous, les enfants ? nous a lancé la caissière. Vous ne prenez pas de tickets ?

— Euh... Non... On va juste retrouver nos parents au bar ! a menti Solange avec un sourire angélique.

La caissière n'a pas insisté. Le problème, c'est qu'au bar, dès qu'on a posé nos fesses sur les tabourets face à la grande baie vitrée, un serveur s'est pointé, torchon sur l'épaule et plateau à la main :

— Qu'est-ce que vous prenez, les enfants ?

J'ai failli lui répondre qu'on allait juste prendre des photos, mais vu son air grognon, je me suis retenue...

— On... on est obligés de boire quelque chose ? a hasardé Solange avec un nouveau sourire d'ange.

Cette fois, ça n'a pas marché.

— Oui ! Et vite ! J'ai pas que ça à faire ! a rétorqué le grognon.

Martial avait un peu d'argent dans sa poche, heureusement. Enfin, heureusement pour nous, parce que lui, il n'était pas très heureux de le dépenser pour trois verres de limonade. Surtout qu'en dépensant tous ses sous jusqu'au dernier centime, il n'a pu en payer que deux ! Mais tant pis. Ça valait la peine. On fixait le bassin de tous nos yeux. Il n'y avait pas grand monde. Côté petit bain, un maître nageur donnait une leçon de natation à une grosse dame équipée d'une grosse bouée. Dans le grand bain, une dizaine de nageurs brassaient l'eau, tête baissée.

— Vous voyez Édouard Ledoux quelque part ? a demandé Martial.

— Il est peut-être déjà en train de nager... a murmuré Solange.

— Il sortira forcément quand il verra Mme Nervos arriver, j'ai ajouté.

Nous aussi, on avait bien envie de la voir arriver, mais la porte VESTIAIRE DAMES restait désespérément fermée. Au bord du bassin, deux enfants jouaient à se poursuivre en s'éclaboussant. J'avais envie de leur crier : « Calmez-vous ! Arrêtez ! Vous nous empêchez de nous concentrer ! » Le doigt sur le déclencheur de mon appareil photo, j'étais prête, comme un chasseur guettant l'apparition d'une antilope dans la savane.

Soudain, la porte a enfin bougé. Clic. Flash. Clac. Flash. J'avais encore les yeux tout éblouis quand j'ai senti une tape dans mon dos :

— Ho ! Pas de photos ici !

Je me suis retournée. C'était le serveur grognon. Trop tard ! Les photos étaient dans la boîte. Quelles photos, au fait ? Devant la porte VESTIAIRE DAMES, une silhouette était plantée. Un immense peignoir bleu foncé, aussi long qu'une robe de chambre, la couvrait de la tête aux pieds. Ses yeux étaient cachés par des lunettes couleur fumée et ses cheveux par un bonnet jaune canari parsemé de grosses marguerites... J'ai donné un coup de coude à Solange.

— C'est elle ?

— Il me semble reconnaître son nez... a dit Solange, hésitante.

— Moi, je reconnais son parapluie ! s'est écrié Martial.

La suite est allée très vite. Mme Nervos s'est avancée, toujours appuyée sur son parapluie. Nous qui pensions la voir en maillot de bain, quelle déception : on la voyait beaucoup moins bien que dans la cour de l'école ! Ce qu'on a bien vu, en revanche, c'est la grosse dame à la bouée sortir de l'eau en faisant coucou. La directrice a remonté ses lunettes. Elle a fait un geste de la main. Elles ont marché l'une vers l'autre, elles se sont embrassées sur les deux joues et elles se sont assises sur un banc pour bavarder. Un point c'est tout. Édouard Ledoux n'est pas sorti de l'eau, ni du VESTIAIRE HOMMES. Notre conversation est retombée, comme un moteur qui s'éteint...

— Et le dîner aux chandelles, alors ? a marmonné Solange.

— Eh bien, ça doit être pour elles deux...

— Mme Nervos et la grosse dame ?

— Mais Édouard Ledoux ? Il va les rejoindre, vous croyez ?

— Comment tu veux qu'on sache ?

Dans le bar, le serveur grognon a commencé à éteindre les lumières.

— Il est sept heures ! On ferme ! Les enfants, vous dégagez, c'est terminé !

— Sept heures !?! j'ai hurlé. T'entends ça, Solange ? Il ne va même plus y avoir de pain à la boulangerie !!

— Je vous donnerai du pain de mie à l'épicerie... a proposé Martial.

Et on est partis, tristement.

LA LETTRE
9

Le lendemain, c'était mercredi. On n'avait pas classe, mais comme ma famille avait râlé de manger du pain de mie la veille au dîner, je me suis levée de bonne heure pour aller en chercher du frais. Martial a dû avoir la même idée : on s'est croisés rue Tartarin. Il marchait, sans entrain, les cheveux ébouriffés, en grignotant le croûton de sa baguette de pain.

— Salut.
— Salut.
— Qu'est-ce que tu fais ?
— Je vais chercher le pain.
— J'y retourne avec toi.

Il m'a proposé le deuxième croûton de sa baguette. J'ai hésité.

— Il dit rien, ton père, quand on attaque la baguette en chemin ?
— Non, pourquoi ?

— Moi, le mien, il supporte pas...

Martial a eu l'air étonné. Je ne sais pas si c'est parce que sa maman est morte, mais son père, M. Pistalou, ne le gronde presque jamais. La seule chose qui le fâche, c'est qu'on dérange les clients de l'épicerie... J'ai accepté son croûton.

— Ch'était nul, chette hichtoire de pischine... a crachouillé Martial.

— Non ! Moi, j'ai trouvé ça super ! Évidemment, ç'aurait été encore mieux si on avait vu le stagiaire, mais c'est pas parce qu'il n'était pas là que la directrice n'est pas amoureuse de lui !

Martial s'est arrêté.

— Tu crois ?

— Évidemment ! Elle a trop changé ! Son sourire, ses cheveux, ses habits, ses souliers... Tout ça depuis qu'il est arrivé, tu trouves ça normal, toi ?

— T'chas pcheut-être raison ! a approuvé Martial en mordant sa baguette à belles dents.

Quand on est sortis de la boulangerie, Martial était plongé dans ses pensées. Machinalement, il a voulu attaquer le croûton de ma baguette. Je l'ai stoppé juste à temps.

— Dis donc, Lison, je pense à quelque chose. Peut-être qu'elle est amoureuse de lui, mais qu'elle n'a pas encore osé lui dire...

Je ne voyais pas bien où il voulait en venir.

— Euh... Peut-être, oui... Et alors ?
— Si on l'aidait ?
— Comment ça ?
— J'ai une idée : on lui écrit une lettre !
— À qui ?
— Mais à Édouard Ledoux !
— Pour lui dire quoi ?
— Que la directrice l'aime, pardi !
— Ah ouais !

Je n'y aurais jamais pensé. Je n'aurais même pas pensé que Martial puisse y penser. Solange, à la limite, peut-être, mais Martial, jamais !

— Mais il va reconnaître notre écriture...

Martial a rigolé.

— On tape la lettre à l'ordinateur, voyons ! Sur l'ordinateur de mon père, pendant qu'il va à la pétanque, cet après-midi...

Parfois, l'intelligence de Martial me cloue sur place. M. Dequille lui dit souvent que s'il se servait autant de son intelligence pour l'école que pour les bêtises, il serait premier de la classe... À mon avis, c'est vrai.

La seule question qui restait, c'est comment on allait faire parvenir la lettre au stagiaire, mais là-dessus, j'avais une idée.

— Tous les maîtres ont un casier à courrier dans la salle des professeurs. Maman me demande souvent d'aller leur distribuer les lettres. Et hier, justement, j'ai remarqué qu'Édouard Ledoux avait un casier.

— Parfait ! s'est exclamé Martial.

On s'est donc donné rendez-vous après le grand déjeuner et je suis rentrée en vitesse à la maison, histoire d'apporter le pain frais avant que ma famille ait pris le petit (déjeuner) au pain de mie... Toute la matinée, j'ai travaillé. J'ai récité ma leçon de grammaire à maman, je l'ai aidée à mettre le couvert... Je voulais qu'elle soit de bonne humeur quand je lui demanderais la permission d'aller chez Martial. Pourtant, elle a plissé le nez :

— Chez Martial, mais pour quoi faire ?
— Pour travailler...
— Travailler, chez Martial !?! Déjà hier, tu es allée chez Solange, pour travailler...

Mon cœur s'est mis à battre plus vite. Maman serait-elle au courant de notre expédition à la piscine ? J'ai essayé de garder mon calme.

— Eh oui, maman, on travaille beaucoup, en ce moment, on a les contrôles, tout ça...
— Et puis Mme Nervos doit être souvent dans votre classe, avec le stagiaire... a observé maman.

Ce coup-là, mon cœur a fait un bond.
— Tu es au courant ?
— De quoi ?
— Eh bien... du stagiaire !

Maman a eu un air bizarre, un peu mystérieux.
— Allez, allez, ne t'occupe pas...
Je ne me sentais pas très tranquille.
— Mais... Il y a quelque chose, je veux dire, au sujet de ce stagiaire ?
— Non, non, rien qui te concerne. Va chez Martial, va... m'a dit maman avec un grand sourire et un bisou qui m'ont rassurée.

Quand je suis arrivée à l'épicerie, M. Pistalou était parti. Leïla chantonnait avec la radio en se vernissant les ongles et Martial était installé dans l'arrière-boutique devant l'ordinateur branché, sans doute depuis un moment parce qu'il y avait déjà plein de mots sur l'écran.
— Tu m'as pas attendue ?
— Si, je t'ai attendue, justement, et puis j'en ai eu marre de t'attendre alors j'ai commencé...
— Sympa !
— Sympa toi-même ! T'arrives tout le temps en retard en ce moment, je sais pas ce que t'as...
Je me suis assise et j'ai lu.

MON AMOURRE ÉDOUAR
JE TAIME MON CHERRIE
JE VEU T'EMBRASER JOUR ET NUITS
SIGNÉ TON AMOURRE ... NERVOS

J'ai regardé Martial. Il souriait, tout fier de lui.
— C'est ça, ta lettre ?
— Ben quoi ?
— T'as écrit : « embraser » au lieu d'embrasser. « Embraser », ça veut dire mettre le feu, je te signale.
— Ce que tu peux être casse-pieds !
— Je suis pas casse-pieds. C'est la leçon de grammaire qu'on a à apprendre pour demain. Pour une fois, je la sais, je viens de la réciter à ma mère. « S » pris entre deux voyelles, ça fait « Z »...
— Ouais, bon. On peut corriger de toute façon. Sinon, c'est chouette, non ? T'as vu, j'ai mis trois petits points à la place du prénom. C'est quoi, le prénom de Mme Nervos ?
— J'en sais rien, moi.
— Ta mère doit le connaître...
— Tu crois quand même pas que je vais appeler ma mère et lui demander ! Rien de tel pour lui mettre la puce à l'oreille ! Et puis d'ailleurs, à mon avis, il faut pas que ce soit Mme Nervos qui la signe, cette lettre. Une lettre anonyme, c'est mieux.
— Anonyme ? C'est quoi ?
— Ça veut dire pas signé. On ne sait pas qui l'écrit ni qui l'envoie...
— Mais dans ce cas-là, ça sert à rien.
— Bien sûr que si ! Ça sert à donner la nouvelle qu'on veut donner. Ça sert à dire : « Mme Nervos vous

aime... » au lieu de dire « Je t'aime signé Mme Nervos ». C'est moins risqué pour nous et beaucoup plus impressionnant pour celui qui la reçoit...

À cet instant, l'accent de M. Pistalou a résonné derrière la porte. (M. Pistalou est de Marseille. Quand il parle, on dirait qu'il chante...)

— Ho ! Martialeu ! Ce serait pas toi qui aurais pris mon cochonnet ?

— Zut ! Mon père est rentré ! a soufflé Martial.

Vite, il a appuyé sur deux touches du clavier et les mots ont disparu de l'écran.

— Euh... Non, papa...

Brusquement, il s'est mordu les doigts.

— Merde ! J'ai oublié de mémoriser !

— Et alors ?

— Et alors ma lettre est effacée, il va falloir tout recommencer...

Pour moi, ce n'était pas une catastrophe mais je préférais ne rien dire.

M. Pistalou est entré et a commencé à farfouiller sur les étagères.

— Qu'esse j'ai biengue pu faireu de ce cochonnet de malheur, peuchère ! Et vous, qu'esse vous faites aveuqeu mon ordinateureu, pas de bêtises, au moingue ?

— Non non, papa, t'inquiète pas, on travaille !

— Ah, ça, c'est très biengue, les enfangues ! Té, le voilà, mon cochonnet ! Hé bé ! J'ai failli m'énerver !

M. Pistalou est reparti. Ça nous a pris un temps fou et pas mal de disputes pour nous mettre d'accord sur le texte de la lettre. Mais on a fini par y arriver et je crois que ça valait la peine. La deuxième version était nettement mieux que la première. La voilà :

ÉDOUAR !
TU LE SAIS PEUT-ÊTRE PAS ANCORRE
MAIS LA DIRECTRISSE DE L'ÉCOLE
EST FOLLE DE TOI.
MADAME NERVOS ELLE A JAMAIS
ÉTAIT COMME ÇA.
AIME-LA, TU LE REGRAITTERAS PAS.
MAIS ATTENTION, SI TU L'AIMES PAS,
LÀ TU POURREZ LE REGRAITTER.

Pour la signature, Martial voulait écrire : « *Le corbeau* » parce qu'il s'est brusquement souvenu d'avoir vu ça dans un film. Moi, « *Le corbeau* », ça ne me disait rien. J'avais une meilleure idée, je voulais mettre : « *L'œil qui voit tout* ». Vers cinq heures, comme on n'arrivait toujours pas à se décider et que M. Pistalou allait rentrer de sa pétanque, on a décidé de ne rien mettre du tout. Martial a imprimé la lettre. On l'a pliée dans une petite enveloppe et je suis rentrée à la maison avec.

10

J'ai eu un peu de mal à trouver le moment idéal pour déposer la lettre. Il ne fallait pas y aller trop tôt, pour ne pas risquer de tomber sur Mme Nervos, vu que la salle des professeurs est juste à côté de son bureau. (Le mercredi, elle y reste en général jusqu'à six heures. Ensuite, elle monte dans son appartement, au deuxième étage, sous les toits...) D'un autre côté, il ne fallait pas y aller trop tard non plus, pour ne pas éveiller les soupçons de maman. Et tout ça, si possible, avant que papa rentre... Heureusement, Mme Nervos est montée un quart d'heure en avance. J'ai foncé à travers la cour, le préau, le couloir... Simone et Melinda, les deux femmes de ménage, étaient encore là, elles nettoyaient les lavabos en se disputant, comme d'habitude. Simone accusait Melinda de se plaindre sans arrêt et Melinda répondait que si Simone avait des varices comme les siennes, on en reparlerait... En un sens, ça m'arrangeait qu'elles soient là. Leurs voix faisaient un fond sonore idéal pour couvrir le bruit de mes pas. La porte de la salle des professeurs était entrouverte. En deux secondes, je me suis faufilée, j'ai glissé la lettre dans la case marquée « Édouard Ledoux » et je suis repartie, ni vu ni connu.

Le lendemain matin, Martial est arrivé le premier, tout excité.

— Alors ?

— Impec. J'ai déposé la lettre vers six heures moins le quart hier soir. Mais tu sais, Martial, j'ai réfléchi : je crois qu'il ne faut rien dire aux autres, à Solange, à Jacky... Comme ça, ils auront la surprise, ce sera bien plus rigolo.

— T'as raison ! Et puis ce sera notre secret...

Le hic, c'est que chaque fois que je regardais Martial ou qu'il me regardait, notre secret nous faisait rigoler.

— Qu'est-ce qu'il y a de drôle ? a fini par demander Jacky.

— C'est vrai ! Pourquoi vous rigolez tout le temps ? a ajouté Solange.

— Rien, rien... C'est... Martial qui m'a raconté une blague...

Jacky s'est collé à Martial.

— T'as des nouvelles blagues ? T'as des nouvelles blagues ?

Martial a commencé à s'embrouiller en voulant raconter l'histoire d'un mouton qui demandait à son berger la route de Saint-Cucufa, quand Mme Nervos est arrivée et nous a fait signe de nous mettre en rang. Elle avait toujours son tailleur rose et ses frisettes jaunes, mais plus de bandage ni de parapluie. Quand elle a vu le stagiaire ouvrir la grande porte d'entrée en poussant sa bicyclette, elle a fait son sourire géant.

— Bonjour, Édouard ! Je vous attendais !

Le stagiaire a vite accroché son vélo pour rejoindre la directrice. Elle a tapé dans ses mains.

— Silence, les enfants ! Votre maître, M. Dequille, est en arrêt maladie jusqu'à la fin de la semaine, au moins... C'est donc moi qui vais vous faire la classe, avec l'aide de M. Ledoux, s'il le veut bien...

Elle lui a lancé un regard de velours. Il a répondu par un sourire rougissant.

— Tou... Tou... Tout à fait !

On est entrés. En passant devant la salle des professeurs, j'ai eu un doute : et si le stagiaire n'allait pas voir son casier tout de suite ? Peut-être qu'il allait falloir attendre la récréation ou même plus tard... Heureusement, la directrice a favorisé notre plan. Elle a montré la porte de la salle des professeurs en disant :

— Vous avez du courrier, Édouard ! Je ne sais pas d'où ça vient, ce n'est pas timbré !

Martial m'a fait un gros clin d'œil.

— Ah ! M... M... Merci ! a bafouillé le stagiaire.

— Tu te rends compte : elle l'aime tellement qu'elle espionne même son courrier ! m'a glissé Solange à l'oreille.

Je lui ai fait un vague sourire. J'étais trop préoccupée par ce qui allait se passer. Édouard Ledoux est entré dans la salle puis il est sorti deux secondes plus tard en décachetant notre enveloppe. Le rang s'est remis en marche. Le stagiaire a fait quelques pas en lisant et puis il est devenu blanc comme sa chemise et il s'est arrêté net. Il a sorti un mouchoir de sa poche et il s'est tamponné le front. Au bout du couloir, à l'avant du rang, Mme Nervos le regardait.

— Édouard ! Tout va bien ?

— On dirait qu'il se sent mal ! a lancé Jacky.

— Attention, il va peut-être vomir ! a ajouté Paul Colinot en s'écartant.

La directrice est venue vers nous. En la voyant s'approcher, Édouard Ledoux a eu une espèce de tremblement.

— Quelque chose ne va pas, Édouard ? Vous voulez que j'appelle l'infirmière ? C'est cette lettre ? Une mauvaise nouvelle ?

Au fur et à mesure que Mme Nervos avançait, Édouard Ledoux reculait, collé au mur, l'air terrorisé.

— N... N... Non... J... J... Je veux r... r... rentrer chez moi ! il a lâché en arrivant à l'escalier.

Mme Nervos est restée stupéfaite, la bouche ouverte, les bras ballants. Par la fenêtre, on a vu le stagiaire traverser la cour en courant, détacher son vélo et disparaître aussi vite que si l'école était en feu.

Martial m'a regardée, pouce en bas. Pour l'instant, notre plan n'avait pas vraiment fonctionné. Il n'a pas tellement mieux marché ensuite non plus. Adieu sourires et regards de velours : Mme Nervos a été d'une humeur épouvantable. Elle a commencé par nous donner un horrible contrôle de grammaire.

— Mais c'était pas prévu !?! a protesté Jacky, ce cinglé.

— Et deux heures de retenue samedi pour toute la classe, ce n'était pas prévu non plus ? Eh bien voilà, maintenant, ça l'est ! Et le premier qui ouvre la bouche, un exercice supplémentaire ! Et le deuxième : deux ! Et ainsi de suite ! Vous pouvez y aller, j'ai des exercices en stock pour dix ans au moins, aucun problème.

Inutile de dire qu'on n'a plus pipé. Mme Nervos était si fâchée qu'à la fin de la journée, on avait tellement accumulé de punitions qu'on aurait été heureux de voir revenir M. Dequille ! Mais il n'est pas revenu. Et le stagiaire non plus.

Pendant les récrés, Martial et moi, on n'a presque pas parlé. En fait, on était bien embêtés. On redoutait que les autres se doutent de quelque chose. En partant, il m'a juste dit qu'on avait bien fait de ne pas parler de la lettre aux copains. Et j'ai juste dit oui.

Le soir, à la maison, je lisais une BD aux toilettes quand la conversation de mes parents dans le salon m'a fait tendre l'oreille.

— Tu sais, le stagiaire dont je t'ai parlé... a commencé maman.

— Quel stagiaire, déjà ? a demandé papa.

— Édouard Ledoux ! Le neveu de l'inspecteur !

— Ah oui... Eh bien ?

— Il a téléphoné tout à l'heure. C'est moi qui ai pris le message. Il a dit qu'il avait trouvé du travail dans une autre école et qu'il ne reviendrait pas...

— Aïe ! Et tu l'as annoncé à Mme Nervos ?

— Non, pas encore ! Elle qui m'avait dit qu'elle comptait sur le stage d'Édouard Ledoux pour marquer des points auprès de l'inspecteur et pour faire accélérer ses Palmes Académiques... (Obtenir les Palmes Académiques est le rêve de notre directrice.)

— Au secours !

— Elle ne va pas être à prendre avec des pincettes, ces jours-ci...

Il y a eu un instant de silence et puis papa a dit :

— Dis donc, Nicole, j'ai trouvé des photos bizarres dans mon appareil : ça avait l'air d'être pris dans une piscine. Une silhouette en peignoir, appuyée sur un parapluie... C'est toi qui as fait ça ?

— Sûrement pas ! C'est peut-être une blague des enfants pour le 1ᵉʳ avril...

— Trop tard, j'ai tout effacé ! Et ça, c'est pas un poisson d'avril ! a riposté papa.

Moi qui voulais fixer pour toujours cette incroyable histoire d'amour ! Non seulement il n'y avait pas d'histoire d'amour, mais les photos de la directrice à la piscine n'étaient même plus dans l'appareil de papa ! Je n'allais pas avoir trop du week-end pour faire avaler ces nouvelles à Solange et à Martial...

Cet ouvrage a été composé par
PCA - 44400 REZÉ

12, avenue d'Italie
75627 PARIS Cedex 13

Cet ouvrage a été imprimé en France par CPI Bussière
à Saint-Amand-Montrond (Cher)

— N° d'imp. 113866/1. —
Dépôt légal : janvier 2009.
Suite du premier tirage : février 2012.